HISTOIRE

LITTÉRAIRE

DES NEUVIÈME ET DIXIÈME SIÉCLES

DE L'ERE CHRÉTIENNE.

DE L'IMPRIMERIE DE J. B. SAJOU,

Rue de la Harpe, n.º 11.

HISTOIRE

LITTERAIRE

DES NEUVIÈME ET DIXIÈME SIÉCLES

DE L'ÈRE CHRÉTIENNE,

OUVRAGE TRADUIT DE L'ANGLAIS DE

J. BERINGTON,

PAR A. M. H. BOULARD.

A PARIS,

CHEZ GABRIEL VARÉE LIBRAIRE,
QUAI VOLTAIRE, N.º 21.

CHEZ DELAUNAY, LIBRAIRE, AU PALAIS-ROYAL,

ET CHEZ SAJOU, RUE DE LA HARPE, N.º 11.

1816.

HISTOIRE

LITTÉRAIRE

Des neuvième et dixième Siécles de l'Ere Chrétienne,

ou

Considérations *sur l'Etat des connoissances depuis le règne de Charlemagne, en l'an 774, jusqu'à la fin du dixième siècle* (1). *Ouvrage traduit de l'Histoire littéraire du moyen âge*, de Joseph Berington.

I. — A la chûte du royaume des Lombards, et à l'avénement de Charlemagne, on put s'attendre à voir naître une époque favorable aux lettres. A la vérité, le Prince lui-même étoit ignorant; mais il avoit des talens et

(1) On a publié, à Paris, en 1814, chez *J. E. Sajou*, l'*Histoire littéraire des huit premiers siècles de l'ère chrétienne*, traduite de l'ouvrage anglois de Berington, ci-dessus cité, et intitulé : *Histoire littéraire du moyen âge*.

un esprit susceptible de toutes les impressions
libérales. Les nobles monumens des arts, que
Rome et les autres villes d'Italie présentèrent
à ses regards, et les pensées que devoit dans
différentes occasions rappeler une époque
où la science étoit regardée comme un orne-
ment des cours, ne pouvoient manquer de
forcer de faire une comparaison, qui tendoit
à rappeler une infériorité humiliante. La
langue grossière de ses ancêtres est la seule
qu'il ait sue, au moins jusqu'à sa trentième
année, et il n'est pas certain qu'il fut en
état de l'écrire. Mais, quoique les besoins
multipliés d'un vaste Empire, qui prenoit
encore de l'accroissement, parussent exiger
une attention constante, et ne point laisser
de place pour toutes les occupations d'un
ordre inférieur, l'histoire nous apprend qu'il
commença alors à étudier la grammaire
sous Pierre, diacre de Pise, comme une in-
troduction, suivant ce que nous pouvons
présumer, à la langue latine; et, quand il
l'eut étudiée, Alcuin, moine anglois, devint
son maître quelques années plus tard. Le
plus noble cercle des sciences fut alors ou-
vert devant lui. Parmi elles, l'astronomie,
ou, plutôt, qu'il me soit permis de le dire,
l'astrologie, fixa principalement son attention.
Depuis ce temps, la cour de Charles, soit

en France, soit en Italie, soit en Allemagne, devint le centre où les savans se réunirent; ils voyageoient avec lui, donnoient des leçons publiques; et, quand les circonstances sembloient favorables, ils fondoient des écoles sous sa protection (1). Ce commencement promettoit beaucoup; comme un grand encouragement étoit donné, il étoit possible qu'il en résultât une ardeur générale; et la nation pouvoit imiter ce Prince, qui fut couronné Empereur en 800.

II. — En traitant un autre sujet, il y a quelques années (2), lorsque je fus arrivé à cette époque, j'exprimai mes pensées par les observations suivantes : «Il sembloit, disois-je alors, que quand le neuvième siècle commença, les ténèbres, qui avoient enveloppé l'Occident, alloient se dissiper; que les facultés humaines, engourdies par défaut d'exercice, ou dégradées par un emploi qui les corrompoit, prendroient plus d'énergie ou une direction plus judicieuse; que la religion, qui avoit été défigurée par de vaines controverses, rejetteroit ses faux

(1) *Vita Caroli Magni.* Cette vie est d'EGINHARD, ami et secrétaire de Charlemagne. Voyez aussi *Bibliotheca mediæ ætatis;* t. I.

(2) *History of the Papal Power,* ouvrage encore manuscrit de BRINSTON.

ornemens, et se montreroit, comme elle
l'avoit fait autrefois, dans la plus attrayante
simplicité; qu'un système de morale propre
à perfectionner le cœur et à fortifier l'en-
tendement, remplaceroit les contes des lé-
gendes, les faux miracles, et des vertus
imaginaires; que les droits de l'homme,
dans les différens ordres de la société, ecclésiastiques et civils, seroient fixés d'une
manière plus distincte; enfin, que le flambeau de la science se rallumeroit de nouveau, et que ce succès conduiroit aux ré-
sultats les plus glorieux et les plus utiles.

« Le lecteur, qui a fermé longtemps
toutes les pages de cette histoire en soupi-
rant de désespoir, demandera naturellement,
quel est l'événement qui paroît maintenant
faire présager un si heureux changement?
C'est que Charlemagne, qui, pendant le
cours de son règne, avoit manifesté un
zèle actif pour le perfectionnement de la
condition morale de l'espèce humaine, étoit
maître alors, par l'influence de son propre
exemple et l'application de tous les talens
que ses domaines étendus réunissoient, d'a-
vancer d'un pas moins lent et plus heureux
vers l'accomplissement de ses désirs. Il étoit
lui-même doué de talens naturels qui n'é-
toient pas ordinaires; il parloit avec facilité

et énergie; il avoit appris plusieurs langues,
et au moins les élémens des sciences qu'on
enseignoit à cette époque. Mais ses études,
qui avoient été négligées dans sa jeunesse,
furent pénibles, interrompues, et imparfaites.
Elles furent faites plutôt en conversant
qu'en lisant; et il paroît n'avoir jamais acquis le talent d'écrire avec facilité. Cépen-
dant il avoit un ardent désir de voir fleu-
rir les sciences; et l'encouragement qu'il
leur donna répand l'éclat le plus brillant
sur son nom. Il fut aussi heureux pour l'intérêt général de la morale, qu'il se soit regardé lui-même, ainsi qu'il l'étoit, comme
le chef politique de l'Eglise, et qu'il ait
exercé une juridiction illimitée sur tous ses
membres. Cela est attesté par différens édits
qu'il a publiés sous le nom de Capitulaires
pour la réforme et le maintien de la discipline ecclésiastique, la correction des abus,
et la suppression des crimes. Dans les grandes
fêtes, où les affaires de la paix ou de la
guerre pouvoient exiger sa présence, il trouvoit et voyoit les évêques, les abbés et les
nobles du pays. Il apprenoit des membres
de cette respectable réunion, quel étoit l'é-
tat des églises, des monastères, et des mœurs
du peuple; et il concertoit avec eux les
mesures propres à rétablir l'ordre ainsi qu'à

propager la vertu. Son désir étoit de re-
nouveller la plus rigide discipline des anciens temps; et, dans tous les lieux où elle
ne pourroit pas être rétablie, de prendre
les mesures qui seroient les plus convenables
aux circonstances et les plus propres à répri-
mer les nombreux désordres qui régnoient.

« Dans la vue de travailler tant à sa
propre amélioration qu'à celle de son
peuple, et afin d'inspirer un goût général
pour l'instruction, il rassembla, dans sa
cour, les personnes qui étoient le plus
distinguées pour leurs talens et leurs connoissances. Il vivoit avec eux dans la plus
grande intimité, et les employoit à l'éducation des princes du sang et des enfans des
nobles. L'Anglo-Saxon Alcuin, que Charles
appeloit son maître, étoit à la tête de cette
société, et, dans son ambition lonable, on
l'entendit se vanter, que, si son désir et
celui de son disciple pouvoient être exaucés,
il s'éléveroit bientôt une Athènes chrétienne,
et les Muses fixeroient leur séjour dans les
bosquets académiques de la France. Dans la
poursuite de ce noble dessein, non-seulement l'encouragement fut offert, mais même
des ordres furent donnés. Les évêques éri-
gèrent des écoles contiguës à leurs églises
pendant que les moines en établissoient dans

leurs monastères. La Cour impériale, en même temps qu'elle donnoit l'impulsion, ne manquoit pas de donner l'exemple des recherches, soit profanes, soit théologiques; elle veilloit au progrès de la science dans toutes les maisons qui en étoient les séminaires dans l'Empire, et elle le récompensoit (1).

« Ce fut une autre circonstance heureuse, que cet Empire fut si extraordinairement étendu; il comprenoit ce qui fut dans la suite appelé le Royaume de France; dans l'Espagne, les quatre provinces qui s'étendoient depuis les Pyrénées jusqu'à l'Ebre; en Italie, le précédent Royaume des Lombards, depuis les Alpes jusqu'au bord de la Calabre; dans l'Allemagne, beaucoup de régions depuis le Rhin jusqu'à l'Elbe; enfin, au Midi, il embrassoit la Pannonie ou la Hongrie moderne, et les provinces placées immédiatement jusques sur les confins de la Grèce. Les deux tiers de l'ancien Empire d'Occident étoient soumis à Charlemagne, et il a été observé, que la portion qu'il ne possédoit pas de cet Empire, étoit amplement compensée par les nations guerrières et presqu'inaccessibles de l'Allemagne qu'il avoit subjuguées et forcées d'embrasser le Christianisme. Parmi ces dernières, il plaça des siéges épiscopaux dans

____

(1) EGINHARD, *ut suprà*. — ALCUIN, *Epist.* Passim.

les endroits où il y avoit des villes; et des
écoles furent établies pour imprimer, dans
les esprits des barbares habitans, les principes
de la religion et de l'humanité. Dans toutes
les parties de l'Empire, il devoit s'attendre
à une coopération active à ses plans de bienfaisance, d'après les moyens qu'il avoit ima-
ginés, et l'esprit qu'il avoit inculqué. Quelques restes de connoissances étoient conservés
à Rome et dans certaines villes d'Italie; et
on entretenoit naturellement l'espoir que
l'arbre de la science fleuriroit encore de nouveau dans un sol qui lui étoit si favorable.
L'évêque de Rome, le premier ministre de
la religion, ne devoit-il pas embrasser ardemment un plan, utile aux plus grands intérêts de son culte, et aspirer à devenir le
restaurateur des lettres et le patron des savans,
concurremment avec Charlemagne? Son
exemple auroit répandu, parmi les prélats,
une noble émulation pour la culture des lettres
et des sciences.

« Tel étoit l'état des choses, et telle fut pendant un moment la brillante perspective de
l'avenir; mais les foibles rayons d'un soleil
d'hiver n'ont pas assez d'intensité ou de durée,
pour dissiper le brouillard, échauffer l'air,
et donner une nouvelle vie aux fibres engourdies du règne végétal.

« Le manque de succès des efforts zélés, ainsi que des excellens établissemens de Charlemagne, peut être attribué à différentes causes; 1.º à l'inaptitude des maîtres, qui, quoique doués de talens naturels, ne savoient pas exciter l'attention, intéresser la curiosité, ou mettre en action les qualités inconnues de l'esprit. 2.º Aux sujets appelés sciences ou les sept arts libéraux, savoir, la grammaire, la rhétorique, la logique, l'arithmétique, la géométrie, la musique et l'astronomie, qui étoient enseignées de manière à dégoûter par leurs élémens barbares, et dont le squelette maigre et hideux étoit également dépourvu d'agrément et d'utilité. 3.º A l'absence des premiers élémens de l'éducation, tels que le talent de lire et d'écrire, que n'avoient pas les premiers ordres de la société, et à leur goût habituel, tant pour les exercices militaires que pour les amusemens qui présentoient l'image de la guerre, et les accoutumoient à ses dangers ainsi qu'à ses fatigues (1). 4.º A l'oubli dans lequel les productions classiques des âges précédens étoient ensevelies, ou au peu de cas qu'on en faisoit. 5.º Au manque de capacité dans

(1) Il n'étoit pas vraisemblable que ces ordres fussent portés à abandonner ces exercices et ces amusemens pour les lectures insipides des écoles.

les évêques, les ecclésiastiques et les moines,
à qui les importantes fonctions de l'éducation étoient dévolues. 6.º A la réflexion per-
sonnelle et intéressée faite par la même classe
d'hommes (1), que leurs églises et leurs monastères avoient prospéré en proportion tant
du déclin de la science que de la plus grande
diffusion de l'ignorance, tandis que la renaissance des lettres devoit vraisemblablement
détourner les sources abondantes d'une pieuse
bienfaisance dans des canaux moins favorables aux intérêts du clergé et des moines.
7.º A une aversion marquée dans l'évêque
de Rome pour aucun plan, par lequel les

(1) Je crois que le savant M. Berington attribue
ici à tort des vues basses et intéressées aux évêques,
aux ecclésiastiques, et aux membres des ordres religieux. Les écoles, que les évêques et les moines
établissoient, auroient été contraires à l'accomplissement du désir qu'on leur suppose ici, de voir
l'ignorance se propager. On va voir que, quoique
M. Berington soit catholique et fort instruit, il n'a
pu, vivant en Angleterre, se garantir des préven-
tions qui règnent dans ce pays contre les Papes, dont
plusieurs ont cependant rendu tant de services aux lettres
et à l'humanité. Voyez 1.º les Bienfaits de la Religion, traduits de RYAN. 2.º *Horæ Biblicæ*, traduites de BUTLER. *Note de A. M. H. B.*

esprits des ecclésiastiques ou des autres
hommes se tourneroient vers l'étude de l'antiquité, et vers ces documens qui montre-
roient sur quelles raisons futiles, ainsi que
sur quels foibles fondemens étoient établies
les prérogatives exclusives de ce siége. 8.º Enfin
au génie même du système chrétien, qui
étoit alors fortifié par des maximes et des
habitudes invétérées; qui, lorsqu'il chassa les
Divinités payennes de leurs temples, jeta, avec
trop de succès, du blâme sur beaucoup de
choses se trouvant liées avec ces Divinités;
et qui contribua ainsi à bannir des écoles,
et à faire livrer à l'oubli ces ouvrages de
l'étude et de la prédominance desquels dé-
pendront toujours les progrès des arts, des
sciences et du bon goût en littérature.

III. — « C'est à ces causes et à d'autres,
locales, momentanées, ou personnelles, qui
pourroient être énumérées, qu'on peut attribuer le manque de réussite du grand plan
de Charlemagne. De là vint que l'effet ne
répondit point à ses désirs, aux sommes
considérables qu'il dépensa, aux encoura-
gemens qu'il donna, ou aux espérances brillantes formées par les hommes qui avoient
un désir ardent de voir les lettres prospérer.
Les ecclésiastiques continuèrent à s'abandonner à la même langueur et à la même

indifférence; on vit la même nonchalance dans les moines, pendant que le peuple conservoit ses habitudes de crédulité et de superstition avec le même attachement ou la même obstination. Mais on faisoit jaillir encore quelques étincelles de curiosité qui durent produire quelqu'amélioration intellectuelle; et il est juste d'avouer, que, quoique les sujets de Charlemagne en ayent tiré peu d'avantages, les efforts de ce Prince furent utiles, en établissant des asyles pour les trésors profanes et sacrés de l'antiquité, asyles où ces trésors furent, jusqu'à un certain point, mis en sûreté contre les ravages ultérieurs du temps, et où quelque génération future pouvoit enfin trouver des ressources pour rallumer le flambeau du savoir. »

Telles furent les idées qui se présentèrent, il y a quelques années, à mon esprit, à la suite de mes recherches. Je ne vois point de motif de changer aujourd'hui l'opinion que je m'étois formée.

IV. — Après son inauguration, Charlemagne, ayant passé les mois de l'hiver à Rome, retourna à sa résidence favorite d'Aix-la-Chapelle, où, ainsi que dans les autres lieux de son domaine, il travailla sans cesse, par des lettres circulaires, des synodes, et des admonitions, à réformer les abus accumulés dans l'Eglise et dans l'Etat. Un écrivain contemporain (1) décrit les louables efforts de cet Empereur, de la manière suivante : « Jamais Charles ne cessa d'exhorter les évêques à l'étude de l'Ecriture Sainte ; le clergé, à l'observation de la discipline ; les moines, à la régularité ; les nobles, à édifier par le bon exemple ; les magistrats, à bien rendre la justice ; les guerriers, à se livrer aux exercices militaires ; ceux qui avoient des places, à être humbles ; les inférieurs, à l'obéissance ; en un mot, tous les individus, à la vertu et à la concorde. » Probablement, d'après la barbarie générale du temps, ou parce qu'il étoit lui-même dépourvu de connoissances réelles, il put ne pas s'apercevoir du peu de succès dont ses efforts étoient suivis, ou il put se laisser éblouir par quelque changement apparent et passager. Quoi qu'il en soit, il persévéra avec une ardeur toujours égale ; et, dans la dernière année de sa vie, il ordonna qu'on tînt cinq Synodes dans les principales villes de ses domaines des Gaules. Les canons, qui furent arrêtés dans ces assemblées, nous ont été conservés.

(1) THEOD., *Episc. Aurelian. in Præfat. ad Capit.*

A cette époque, de ses trois fils, le seul qui vécut étoit Louis. Charlemagne lui légua ses royaumes avec le titre d'Empereur; et, l'ayant exhorté « à honorer les évêques comme ses pères, et à aimer ceux qui composoient son peuple comme ses enfans, » il mourut au commencement de l'an 814, laissant un nom si respecté, que quoique ses plans, ainsi que je l'ai observé, n'ayent pas été couronnés par le succès, son exemple eut longtemps une grande influence. Dans les temps postérieurs, pour sanctionner quelque entreprise qui pouvoit intéresser les lettres, il suffisoit que Charlemagne l'eût tentée, ou que la mesure eût formé quelque partie de son plan.

V. — Quelques années avant la mort de son souverain, Alcuin avoit obtenu la permission de se retirer dans le monastère de S. Martin de la ville de Tours. Dans les premières années de sa vie, il avoit été élève d'Egbert, archevêque d'York, qui étoit aussi instruit et protecteur des savans; en même temps, qu'en ouvrant à ses disciples une bibliothèque qu'il avoit formée, il excitoit la curiosité et procuroit les moyens de s'instruire (1). Il n'est pas douteux qu'Alcuin

(1) *Will.* Malmesb., *de Gest. Pontif. Angl.*, l. 3.

avoit de grands talens, et que ses connoissances littéraires étoient étendues, surtout
si on les compare à celles de son siècle.
On a objecté contre lui, que, d'après son
propre penchant, et d'après celui qu'il
communiqua à Charlemagne, les études
ecclésiastiques furent seules encouragées, ce
qui fit négliger celles de la littérature; de
sorte qu'on ne fit rien pour ramener au bon
goût, et pour favoriser la culture des langues modernes. La longue liste des ouvrages
d'Alcuin (1) comprend principalement des
traités de religion et d'autres matières ana-
logues. Cependant rien de ce qui est dans
le cercle des connoissances humaines ne paroît lui avoir échappé; et, lorsqu'il écrit sur
des sujets de grammaire et de rhétorique;
lorsqu'il pose les règles de la dialectique;
lorsqu'il parle des devoirs de la morale, ou
qu'enfin s'appuyant de recherches profondes,

(1) CAVE, *Histor. litter.* Voyez, sur Alcuin,
1.° le second volume de la Traduction de l'Histoire
d'Angleterre du Docteur Henri, par *A. M. H.* Bou-
LARD; 2.° le tome IV de l'Histoire littéraire de
France, par les Bénédictins. Les tomes IV et V
de ce dernier ouvrage contiennent l'Histoire du
neuvième siècle; le sixième tome contient l'Histoire
littéraire du dixième siècle.

il compose des vers, nous pouvons croire que quelques-uns de ses admirateurs ont été excités à puiser à ces meilleures sources d'où Alcuin avoit tiré ses connoissances, et auprès desquelles on ne peut douter qu'il invitoit souvent ses disciples à se rendre. Nous ne devons pas être surpris de ce que ses disciples et lui négligeoient la culture des langues modernes qui étoient alors grossières et imparfaites. Tous ceux qui prétendoient à la gloire d'être savans, parloient à cette époque la langue latine; et sans elle, ni le saxon Alcuin, ni les savans étrangers qui étoient en grand nombre à la cour de Charlemagne, n'auroient pu contribuer efficacement aux projets d'amélioration de ce Prince. Cependant on rapporte que cet Empereur même, qui a dû converser principalement en latin, avoit ordonné qu'on fît une collection de chants des anciens Bardes ou poètes allemands, tant pour inspirer l'amour de la composition que pour perpétuer leur mémoire.

J'ajouterai, au sujet des études ecclésiastiques, que si elles étoient beaucoup encouragées, comme je l'ai observé, il ne s'ensuit pas cependant, que la littérature fut entièrement négligée, et qu'on ne fît rien pour faire renaître le bon goût. Les ecclé-

siastiques et les moines étoient les seuls
maîtres, parce qu'ils étoient les seuls savans.
En premier lieu, il étoit donc nécessaire de
donner une direction convenable à leurs
esprits; de les exciter à s'appliquer; de
placer devant eux les meilleurs modèles des
temps précédens dans les ouvrages des Jé-
rômes, des Augustins, des Léons, des Grégoires, puisque la Religion seroit ainsi pré-
sentée dans son plus beau jour; puisque les
abus introduits par l'ignorance seroient ainsi
corrigés; et que les facultés intellectuelles
acquéreroient des forces de cette manière.
Ce point étant gagné, ce qui restoit à faire
dans les départemens de la littérature et du
goût seroit venu de suite dans le temps
convenable, comme une conséquence facile.
Je pense donc que le plan d'amélioration
étoit sagement conçu.

Néanmoins je suis porté à croire, que le
mérite d'Alcuin consista principalement dans
les avis qu'il donna à Charlemagne; dans
le zèle avec lequel il adopta les vues de
ce Prince; dans les différens moyens qu'il
imagina; dans les écoles et les séminaires
établis pour répandre le savoir, et dans les
leçons qu'il donna souvent pour exciter les
auditeurs à l'application. On peut pardonner
l'excès dans les éloges qu'en font ses con-

temporains. Mais, dans des écrivains plus modernes, s'ils ont réellement lu ses ouvrages, des louanges, comme les suivantes, sont vides de sens. «Son érudition, disent-ils quelquefois (1), est singulièrement grande; ses discours sont élégans, son style est concis, simple, et pur; sa prose et ses vers sont également polis; il joint à la connoissance du latin celle du grec et de l'hébreu. Il fut un maître accompli dans toutes les sciences mathématiques, philosophiques, et théologiques.» A la fin de sa vie, lorsqu'il se retira à Tours, où il jouit d'un intervalle de loisir littéraire, il donna le détail suivant de ses occupations dans une lettre adressée à Charlemagne (2), qui l'avoit prié instamment de revenir à sa cour. «Comme vous me le conseillez, dit-il, et comme mes propres inclinations m'y portent, je m'occupe avec zèle, dans l'enceinte de ces murs, à donner aux uns de l'instruction, en la puisant dans le vase des Saintes Ecritures, à enivrer les autres du vieux vin des anciennes écoles, à nourrir quelques-uns des fruits de la subtilité grammaticale, et à éclairer quelques autres par l'arrangement des étoiles placées

(1) PITS, *de illustr. Angl. Script.*

(2) *Gull.* MAMELSB., *ut antè.*

comme dans un lambris peint d'un grand
édifice. Je fais cela, pour que l'Eglise
puisse prospérer par les progrès de la science,
pour que votre règne soit honoré, et aussi
pour que la grâce que le ciel m'a accordée
ne soit pas stérile, et que les effets de votre
bienveillance ne soyent pas perdus. » Il se
plaint ensuite du manque de livres, parle
du grand nombre de ceux qu'il avoit
dans sa patrie par les soins et la libéralité de
l'archevêque Egbert, et il propose à son
Roi d'envoyer quelques-uns de ses élèves
qui lui procureroient les copies les plus
nécessaires, « et qui transplanteroient ainsi
en France les fleurs de la Bretagne. » Alcuin mourut l'an 804, laissant beaucoup
d'ouvrages sur divers sujets (1), et un grand
nombre de savans qui avoient été instruits
dans son école. Ses élèves, par leurs efforts,
conservèrent, quoique foiblement, le feu
sacré; et, si l'on parcourt ses ouvrages, qui
ne sont pas lus depuis longtemps, on y
trouvera des preuves du zèle qu'il eut pour
faire revivre les lettres, et que l'extrême
barbarie du temps empêcha d'être couronné
du succès.

(1) Voyez CAVE, *Hist. litter.* — DUPIN, *Biblioth.*
eccles. — *Biblioth. latin. mediæ ætatis.*

Parmi les autres sujets qui furent protégés par Charlemagne, et qui furent unis à Alcuin par les liens de l'amitié, ainsi que par le goût des lettres, on compte Paulin, patriarche d'Aquilée, célèbre par ses vertus et son savoir; Théodulphe, évêque d'Orléans, et poète, qui a écrit aussi sur des sujets de morale; Pierre et Odelbert, tous deux métropolitains de Milan; et, pour abréger une liste où je pourrois ajouter beaucoup d'autres noms, l'historien Paul Warnefrid, autrement appelé Paul Diacre, et le biographe Eginhard.

Paul Diacre fut élevé à la cour, et remplit des offices importans sous le dernier des Rois Lombards, après la chûte desquels il se réunit à la savante Société qui étoit à la suite de Charlemagne, dont il eut la confiance. Puis il se retira au Mont-Cassin. Si l'on ajoutoit foi aux éloges extravagans qui furent prodigués à ce Religieux, ni Athènes ni Rome, dans le temps de leur splendeur, n'auroient produit aucun homme supérieur à Paul :

Græcâ cerneris Homerus,
Latinâ Virgilius,
In Hebræâ quoque Philo,
Tertullus in artibus.

Flaccus crederis in metris,
Tibullus eloquio.

Ces vers lui furent adressés au nom de Charlemagne. Mais nous avons la réponse du poëte, ainsi que d'autres échantillons de son talent, d'après lesquels on peut porter un jugement plus juste; son Histoire des Lombards est, je crois, le seul ouvrage qui ait sauvé son nom de l'oubli, et elle mérite des éloges, quelque défauts qu'il y ait dans son style, et quoique le récit des premiers temps manque d'authenticité. Cette histoire est composée comme elle pouvoit l'être alors, et elle contient beaucoup de documens importans, que nous chercherions vainement ailleurs (1).

La Vie de Charlemagne par Eginhard, son secrétaire de confiance, ne manque pas d'élégance; mais elle est principalement estimable, comme nous ayant conservé le souvenir de beaucoup de faits dont il fut témoin oculaire. On sent d'ailleurs que cet auteur ne pouvoit être impartial, en écrivant l'histoire du Prince auquel il étoit at-

(1) Voyez *Rerum Italic. Script.*, t. 1, p. 1. — *Storia della Litter. Ital.*, t. 3. — *Bibl. Latin. mediæ ætatis.*

taché. Eginhard survécut beaucoup d'années à Charlemagne, et continua à servir ses enfans, autant que les soins de la vie monastique à laquelle, suivant le goût de son temps, il s'étoit consacré lui-même, le lui permirent (1). Il est aussi l'auteur des Annales (*Rerum Francorum*), ce qui lui a acquis, d'après sa réputation et d'après son ancienneté, la première place dans la liste des historiens allemands (2).

VI. — Les six successeurs du sang royal de Charlemagne, qui, pendant la plus grande partie du neuvième siècle, remplirent le trône impérial, firent peu pour mettre à exécution les sages mesures qu'avoit projetées le grand homme dont ils descendoient. A la vérité, il fut bientôt évident, que quelque sages qu'ayent été ces mesures, comme on l'a observé, les ténèbres de la barbarie étoient alors trop épaisses pour pouvoir être dissipées. Même en Italie où l'on tenta beaucoup, et où, d'après différentes circonstances particulières, l'amour des lettres ne pouvoit être entièrement éteint, particulièrement dans l'ordre ecclésiastique, on ne put faire de bien permanent.

(1) *Bibliot. Latin. mediæ ætatis.*
(2) MEUSEL's *Leitfaden*, p. 580.

En 823, Lothaire, petit-fils de Charles, publia un Edit pour l'érection des écoles, dans la Préface duquel il dit : « Par rapport à la science, qui, par la négligence et l'ignorance de certains gouvernans, a été en tous lieux complètement perdue, il a semblé bon que ce que nous avons ordonné fût observé partout ; que les maîtres, nommés par nous pour enseigner, prissent soin que leurs écoliers assistassent à leurs instructions, et fissent ces progrès que les temps exigent. Dans cette vue, et afin que ni la distance des lieux ni le malheur des circonstances ne puissent être une excuse pour personne, nous avons fixé celles des cités qui ont été trouvées les plus généralement convenables (1). » Il nomme ensuite ces cités, qui sont au nombre de neuf, et en même temps il spécifie les villes voisines, dont la jeunesse doit se rendre dans les écoles sus-désignées. A la tête de ces villes est Pavie. Mais ce règlement ne concerne que la Lombardie, ou ce qui étoit appelé le royaume d'Italie, qui avoit été conquis dernièrement par Charlemagne.

Les Etats du Pape, au moins quant à leurs

____

(1) *Ap. Script. Rerum Italic.*, t. 1, p. 2.

reglemens intérieurs, étoient indépendans du royaume d'Italie. Il en étoit de même des Provinces Vénitiennes et du Duché de Bénévent qui comprenoit alors une grande portion du royaume de Naples, et restoit soumis aux Princes de la famille des Lombards. Les Grecs n'avoient pas encore quitté entièrement l'Italie. Naples, Gaëte, et une grande partie de la Calabre, ou étoient soumises au trône de Byzance, ou payoient un certain tribut comme une reconnoissance de sa souveraineté, tandis que les Sarrazins, qui étoient alors maîtres de la Sardaigne, et qui ajoutèrent bientôt la Sicile à leurs conquêtes, descendoient souvent sur la côte de l'Italie, pillant ses cités, et emmenant ses habitans en esclavage.

Ce que l'activité et les efforts de Charlemagne n'avoient pu effectuer, ne pouvoit être attendu des édits de ses successeurs. La loi de Lothaire avoit établi des écoles; et, s'il avoit fixé des salaires, on trouva aussi des maîtres; mais les talens et le goût manquoient toujours, et peu répondoient aux appels du Prince, quand ils étoient entendus par l'insouciante indolence. Dans la réalité, les Annales du temps prouvent que rien ne se fit, à moins qu'on ne compte pour quelque chose le fait suivant, savoir : que, vers le même temps, sous Eugène II, un Concile romain fut engagé à tourner son attention sur le même sujet. Ayant observé que dans beaucoup d'endroits, il n'y avoit pas de maîtres, et que toutes les études étoient négligées, les Pères assemblés décrétèrent (1) ce qui suit : « Qu'en conséquence on ait soin, partout où il paroîtra nécessaire, d'établir des maîtres qui donneront assidûment des instructions pour l'étude des lettres et des arts libéraux, comme aussi pour celle des saintes doctrines de la religion. »

Ce décret eut-il plus de succès? Quand nous voyons Rome et ses évêques (sans admettre entièrement l'existence de tous les établissemens dont parle le Biographe des Papes (2)) nous reconnoîtrons, avec plaisir, que les successeurs de S. Pierre eurent en général la supériorité du savoir. Mais les connoissances, qu'ils possédoient, étoient principalement ecclésiastiques; et la vaste sphère d'administration, qui, alors plus que jamais, occupoit leur attention, leur laissoit peu de loisir pour des recherches qui, comparativement, présentoient un intérêt moins

____

(1) BARON., *Annal. Eccles.*, ad an. 826.

(2) ANAST., *Bibliothec. Vitæ Roman. Pontif.* Inter Script. Rerum Ital., t. 3, p. 1.

attrayant. On voit, par les nombreuses lettres qui sont parvenues jusqu'à nous (1), que la même barbarie qui se faisoit remarquer dans tous les écrits du siècle, avoit également infecté les premiers ministres de la religion. A la vérité, comme nous venons de le voir, Eugène II, s'apercevant de la profonde décadence du savoir, excita son Synode à essayer de faire revivre les lettres; mais ce fut en vain, pendant que nous voyons l'usage qu'on fit de l'ignorance générale pour donner du cours et de la validité à l'authenticité supposée de certains documens, par lesquels la prérogative du siége de Rome devoit être étendue; mais que la pénétration d'une juste critique a depuis longtemps prononcé être supposés. Le but de ces pièces supposées étoit de montrer, que tout le pouvoir, qui avoit été pris à cette époque par les Papes, étoit fondé sur les actes des anciens Conciles et sur les épîtres dogmatiques de leurs anciens prédécesseurs; si on avoit besoin de quelque fait pour prouver l'ignorance extrêmement grossière ou l'apathie absolue, tant de ceux qui avoient forgé ces actes que de ceux qui y croyoient, on pouvoit en conclure que des fictions si palpables avoient

(1) Voyez *Concil. gener.* Passim.

été généralement reçues sans être examinées, ou que si elles avoient été examinées, on n'avoit pas découvert la fraude.

VIII. — Pendant que l'Italie, et, ce qui est plus, pendant que Rome se plongeoit chaque jour de plus en plus dans le gouffre de la barbarie, on ne devoit pas s'attendre à voir se développer nulle part ailleurs une perpective plus brillante. Néanmoins, dans tous les pays soumis à la nouvelle autorité impériale, les successeurs de Charles suivirent les pas tracés par leur illustre auteur. En France et en Allemagne, nous voyons des écoles qui furent érigées par leur munificence, ou renouvellées par leur zèle; des maîtres qu'ils procurèrent; et enfin, des évêques, ainsi qu'un grand nombre d'abbés, qui coopérèrent avec zèle à cette belle œuvre (1). Je ne suis donc pas ici également frustré dans mes espérances. A la vérité, ces provinces avoient été ravagées et conquises par des Barbares, ayant la même origine que ceux qui avoient ravagé et conquis l'Italie, ainsi que sa capitale; mais la littérature et les arts n'avoient pas fleuri dans la France et dans l'Allemagne, comme dans le sol plus propice de l'Italie. Il restoit, dans cette ré-

____

(1) Voyez Brucker, *Hist. Philos.*, t. 3.

gion plus favorisée, des monumens innombrables qui nécessairement entretenoient continuellement le souvenir des anciens temps; la langue de Cicéron, de Virgile et de Tite-Live, déposée précieusement dans leurs ouvrages respectifs, étoit encore entendue et parlée; et le même sang, quoiqu'un peu altéré, continuoit de couler dans les veines d'un grand nombre d'hommes (1). Si ces motifs, excitant à une régénération, puissans par eux-mêmes, et fortement aidés par le zèle de Charlemagne, furent sans effet, pouvons-nous être surpris de ce que les autres pays, étant placés dans des circonstances moins favorables, le règne de la barbarie y ait triomphé d'une manière irrésistible? J'ajouterai même ici, que, pour que je puisse traiter mon sujet, il faut me pardonner quelque répétition.

IX. — Peut-être n'ai-je point assez insisté sur la licence des mœurs de ces temps, qui, infectant tous les ordres dans l'Eglise et dans l'Etat, produisit un dégoût général pour les occupations sérieuses, et fit, des lettres, un objet de mépris. Les plaintes des écrivains,

(1) Voyez, sur l'Etat de la Littérature en Italie, la quarante-troisième Dissertation de MURATORI, *Antiq. Ital., medii ævi*, t. 8.

qui ont le plus de candeur et d'impartialité,
sont unanimes et véhémentes sur ce sujet;
les évêques passoient souvent leurs vies au
milieu de la pompe des cours, et dans le
sein d'une voluptueuse indolence. Les ecclésiastiques inférieurs, suivant que les circonstances le permettoient, copioient la conduite
de leurs supérieurs; et il n'est pas besoin de
décrire en détail, quelles étoient les mœurs
du peuple avec cette influence corruptrice.
Les richesses trop considérables, dont jouis-
soit l'Eglise, étoient en partie la cause de
ces maux, pendant que les membres du
haut clergé, par l'effet des possessions qu'ils
tenoient en fief, étoient obligés, à certains
services, et même dans quelques circonstances,
à se mettre en campagne à la tête de leurs
vassaux. Agissant ainsi dans une sphère, qui
étoit tont-à-fait étrangère à leurs devoirs ecclésiastiques, ils commencèrent à les regarder
avec mépris, et ils prirent un esprit séculier.
Les historiens parlent de beaucoup d'ecclésiastiques dont l'ignorance étoit extrême.
S'ils étoient capables de lire un peu couram-
ment un passage d'une Bible latine, on les
regardoit comme pouvant être utiles au
peuple. Entendre le même passage, annon-
çoit un esprit supérieur. Cependant c'étoit
dans cet ordre, qu'étoit concentré tout le

savoir dont le siècle pouvoit se vanter, quelque peu considérable qu'il fût. C'étoit pour corriger la dépravation de ce siècle, et, s'il étoit possible, pour porter les esprits vers des occupations plus nobles, que les Empereurs publioient des édits; que les Synodes promulguoient des décrets, et que les hommes vertueux faisoient entendre des avertissemens et des remontrances; mais le torrent de l'ignorance étoit trop violent pour pouvoir être arrêté.

X. — Comme l'esprit du Christianisme, partout où l'on sent son influence, tend directement à adoucir la férocité du cœur humain, et à entretenir les habitudes douces de la vie sociale, pour nous préparer à être susceptibles des améliorations et des perfectionnemens intellectuels, il est satisfaisant, lorsqu'on lit les Annales de ces temps, de voir que beaucoup de nations, particulièrement dans le Nord de l'Europe, furent retirées des erreurs du Paganisme. Car, quoique l'ignorance générale, dont j'ai parlé dans les pages précédentes, et dans laquelle les principaux royaumes de l'Occident, qui faisoient profession du Christianisme étoient tombés, soit évidente, on doit avouer, que leur conversion fut au moins un pas vers un état de civilisation plus parfaite. Dans le huitième siècle, beaucoup de tribus allemandes avoient été converties par notre compatriote Winfrid, mieux connu sous le nom de Boniface, et, quelques années après, Charlemagne contraignit, par la force des armes, les Saxons, qui occupoient un vaste territoire dans l'Allemagne, d'embrasser la religion chrétienne. Afin d'adoucir leur férocité, de les réconcilier à la nouvelle foi, et de les porter à se soumettre par degrés à son gouvernement, il nomma des ministres ecclésiastiques pour résider parmi eux; il établit des écoles, et fonda des monastères, pour que les moyens d'instruction fussent répandus partout. On rapporte qu'il employa les mêmes moyens chez les Huns de la Pannonie, peuple encore plus féroce et plus intraitable, qu'il convertit aussi à la foi, lorsque ces peuples abattus et épuisés par une suite de défaites, ne furent plus en état de résister à ses armes victorieuses, et aimèrent mieux être Chrétiens que d'être esclaves.

Dans le neuvième siècle, dont nous nous occupons actuellement, l'Évangile continua d'être propagé sous les successeurs de Charles. Les Suédois, les Danois, et les Cimbres reçurent la foi, tandis que, plus au nordest de l'Europe, les Bulgares, les Sclavons,

et les Russes furent visités par les prédica-
teurs de l'Eglise grecque. Ils écoutèrent leurs
instructions, et admirent la foi commune,
mais avec elle la discipline et la juridiction
de Byzance (1).

L'Eglise chrétienne reçut ainsi une com-
pensation pour les pertes que lui firent faire
les conquêtes des armes arabes; et, comme
le Christianisme se répandit sur un plus
grand pays, les convertis du Nord furent
adoucis par son influence et préparés à re-
cevoir les perfectionnemens ultérieurs de la
vie civilisée. C'est une observation fondée
sur l'évidence des faits, que dans les révo-
lutions de l'Europe moderne, les progrès
de la barbarie et des conquêtes sont venus
du Nord, pendant que les Peuples Méri-
dionaux dont les Septentrionaux, qui ne
connoissoient que les armes, ont inondé la
patrie, ont fait perdre à leurs aggresseurs
leur grossièreté, les ont civilisés, et leur
ont appris les arts.

XI. — Dans ces sombres ténèbres de l'i-
gnorance et de l'apathie générale, dans lesquelles le neuvième siècle étoit enveloppé,
je ne dois pas omettre le nom de Rabanus

____

(1) Voyez Mosheim, Fleury, et les Auteurs
qu'ils citent.

Maurus, né en Allemagne, et religieux de l'abbaye de Fulde; il dut en grande partie sa célébrité aux instructions d'Alcuin. On dit que Rabanus reçut le nom de Maurus (nom distingué dans l'ordre des Bénédictins), parce qu'il étoit dans l'usage, lorsqu'il avoit un disciple dont il admiroit les talens, et dont il vouloit exciter l'émulation, de lui donner le nom de quelque ancien respectable qui étoit remarquable par ses connoissances littéraires ou ses qualités morales. Il donna à Angelbert, auteur de quelques vers qui lui avoient plû, le nom d'Homère, et à Charlemagne celui de David. Rabanus étoit le principal maître enseignant dans son monastère, où il joignoit les leçons des sciences profanes à l'étude des écritures; son école devint si célèbre, que les supérieurs des couvens dans les provinces éloignées envoyoient leurs élèves pour apprendre sous sa discipline, et que les enfans des nobles se rendoient en foule à Fulde. «Suivant que l'âge de ses élèves le permettoit, ou que leurs talens paroissoient l'exiger, il apprenoit aux uns les règles de la grammaire, aux autres celles de la rhétorique, en même temps qu'il initioit les plus avancés dans les recherches plus profondes de la philosophie divine et humaine, leur communiquant librement tout ce qu'ils désiroient apprendre. On leur demandoit aussi, qu'ils écrivissent en prose ou en vers les événemens du jour (1), ou plutôt vraisemblablement la substance de leurs leçons. » Ainsi, en marchant d'une manière honorable dans la route tracée par Alcuin, Rabanus perpétua la renommée de son maître; et le séminaire de Fulde produisit, ainsi que nous l'avons dit, la majorité de ceux qui, dans le neuvième siècle, répandirent quelque lustre dans la Germanie et la Gaule sur la littérature de ce temps. Rabanus fut ensuite élevé sur le siége de Mayence qu'il honora par ses vertus, comme il avoit honoré Fulde, par ses talens; il mourut dans son archevêché vers l'an 856; l'opinion générale étoit, « que l'Italie n'avoit pas vu son semblable, et que l'Allemagne n'avoit pas produit son égal (2). »

Les autres principales écoles furent celles des deux Corbies dans la France et dans l'Allemagne, ainsi que celles de Rheims et de Liége.

(1) TRITHEMIUS, *Annal. Hisaurg.*, t. 1, *ap* BRUCKER, t. 3.

(2) *Ibid.* Voyez CAVE, *Hist. Litter.* — *Bibl. Lat. med. ætat.*

XII. — Les liaisons formées par l'amitié et le goût des sciences qui avoient subsisté entre Charlemagne et Alcuin, se renouvellèrent entre Charles-le-Chauve, Roi de France, ensuite Empereur, et Jean Érigène, regardé par les uns comme natif du pays de Galles, par les autres comme né en Écosse, et par d'autres, peut-être avec plus de probabilité, comme né dans l'Erin ou l'Irlande. Quoi qu'il en soit, la réputation de ses talens et de sa science étant parvenue aux oreilles de Charles, ce Prince appela ce savant à sa cour, où, par son esprit et ses qualités, il acquit l'estime de ce Souverain, et la surintendance des écoles (1). Il passe pour avoir possédé le grec, l'hébreu, et l'arabe; il nous reste quelques récits, qui ne méritent pas beaucoup de foi, sur ses voyages dans des pays éloignés. Je crois plus vraisemblable, qu'il fut plus redevable à son propre génie et à ses propres efforts, qu'aux écoles d'Alexandrie et d'Athènes, comme on l'avoit prétendu; et, si nous calculons la somme de ses connoissances, nous trouverons qu'elles ont paru grandes relativement à l'ignorance de ses contemporains. Subtil et habile dans l'art de disputer, il

(1) *Guill.* MALM., *de Gestis Reg. Angl.*, t. 2.

s'engagea dans la controverse sur la prédestination contre Gotteschalc, et traduisit ensuite du grec, à la sollicitation du Roi, les ouvrages mystiques du faux Denis, qu'on regardoit alors comme les véritables productions de l'Aréopagite athénien. On a été affligé de ce que, par ce moyen, il s'est introduit, dans l'Eglise d'Occident, des doctrines qui tendoient à égarer l'esprit dans un labyrinthe de difficultés, et à compliquer la simplicité de la foi chrétienne. Les travaux d'Erigène, quoiqu'applaudis par ses admirateurs, n'échappèrent pas même alors à la censure. Les sombres obscurités de l'école d'Alexandrie furent rendues encore plus impénétrables par les obscurités de cette traduction; mais ce fut cette circonstance qui les fit admirer, et qui excita l'intérêt de la dispute. L'orgueil de l'ignorance superficielle parut être satisfait par des spéculations mystérieuses qui passoient sous le nom de la philosophie orientale née en Asie, adoptée par Platon, nourrie en Egypte, et embellie par les écoles de la Grèce. Ces matières plurent tant à Erigène, qu'ayant terminé sa traduction, il composa un ouvrage original, qu'il intitula *de la Nature des choses.* Il divise cette nature « en celle qui crée et celle qui n'est pas créée; celle

qui est créée et crée; celle qui est créée
et fait créer; et enfin en celle qui ne crée
pas et n'est pas créée.» Il comprend sous
ces chapitres toutes sortes de sujets, mêlant
le sacré avec le profane, et entassant paradoxes sur paradoxes, d'où cependant on
peut déduire cette doctrine générale, «que,
comme toutes choses étoient originairement
contenues dans Dieu, et ont procédé de lui
pour former différentes classes dans lesquelles
elles sont maintenant distinguées, ainsi elles
finiront par retourner en lui, et par se con-
fondre dans la source dont elles sont venues;
en un mot, que, comme avant la créa-
tion du monde, il n'y avoit rien que Dieu,
et que les causes de toutes choses étoient en
lui, de même, après la fin du monde, Dieu
sera le seul être, et les causes de toutes
choses sont en lui. Il appelle partout cette
résolution finale *déification*, ou dans la langue grecque dont il affecte de se servir,
θέωσις. »

Comme rien de semblable n'avoit jamais
été présenté aux écoles de l'Occident, et,
comme on prétendoit que cette doctrine étoit
tirée des principes les plus profonds et les
plus secrets des anciennes écoles, nous ne
devons pas être surpris, que beaucoup de
personnes l'ayent reçue avec la plus grande

admiration. Qu'elle ait fixé l'attention de Charles-le-Chauve et de ses courtisans français, c'est un fait qui n'est pas sans intérêt pour ceux qui aiment à scruter les penchans irréguliers du cœur humain. A la vérité, la doctrine elle-même étoit prise, comme je l'ai observé, des Platoniciens, et principalement des ouvrages qu'Erigène avoit traduits (1). Il écrivit un autre traité sur le corps et le sang de Jésus-Christ, traité qui est maintenant perdu, mais qui excita beaucoup de controverses dans un siècle postérieur.

Le savoir d'Erigène, quoique très-vanté, n'échappa pas à l'animadversion de Rome devant laquelle il fut cité. Cependant le bibliothécaire Anastase s'exprima ainsi lui-même (2) dans une requête qu'il envoya à Charles, son protecteur. « Je suis étonné qu'un barbare placé à l'extrémité du monde, aussi éloigné de la société des hommes que de toute connoissance, à ce qu'il sembleroit, d'une langue étrangère, ait été en état d'entendre et de traduire les ouvrages d'un Père

(1) Voyez Dupin, *Bibl. Ecclés.*, neuvième siècle, et particulièrement le savant Brucker, t. 3; et *Bibl. Latina mediæ ætat.*

(2) Cave, *Hist. Litter.*

grec. Je parle de Jean, cet Ecossais, qui, suivant ce qu'on rapporte, est célèbre pour sa piété. S'il a réellement traduit ces œuvres, ce doit être l'ouvrage de l'esprit divin qui a d'abord enflammé son cœur de l'amour de la vertu, et qui lui a ensuite accordé le don des langues.» Anastase, qui, suivant que nous le voyons dans sa vie, étoit versé dans le grec, avoit vraisemblablement éprouvé, qu'il étoit extraordinairement difficile d'apprendre cette langue; mais il étoit bien ignorant, s'il ne savoit pas, qu'à cette extrémité du monde, qu'il prétend tourner en ridicule, il y avoit à cette époque des écoles qui n'étoient pas moins célèbres que celles de l'Italie; s'il avoit réfléchi un instant, et consulté, il auroit su que, dans le siécle précédent, le Saxon Bede avoit été invité à venir apporter le secours de ses lumières dans une occasion où le siége de Rome en avoit besoin, et que, peu d'années après cette époque, la prérogative de ce siége avoit été défendue, et ses droits étendus par le zéle et le savoir du Saxon Witfrid (1).

(1) ANASTASE, qui vivoit à cette époque, est l'auteur ou le compilateur de *Historia de Vitis Romon. Pontif.*, appelée aussi *Liber Pontificalis*.

Quelles qu'ayent été les censures auxquelles les bizarres théories d'Erigène l'ex-
posèrent justement, il ne perdit pas l'amitié
de Charles; mais, après la mort de ce prince,
arrivée en l'an 877, nous voyons qu'il revint en Angleterre, où il reçut un accueil
également flatteur de la part d'un protecteur non moins bon et non moins éclairé.

XIII. — Avant de parler de ce protecteur, je désire observer, que, quoique les
différentes controverses, dans lesquelles,
pendant le cours de ce siécle, beaucoup
de membres de l'Eglise latine furent enga-
gés, ayent troublé sa paix intérieure, elles
produisirent cependant quelques bons effets,
parce qu'elles donnèrent du mouvement et
de l'exercice aux esprits. Les controverses
sur la Prédestination, la Grâce, et le Libre
Arbitre, donnèrent lieu aux discussions les
plus subtiles; et l'activité de l'esprit ne
fut pas moins excitée par les différends va-
riés et animés qui occupèrent Hincmar, le
célèbre archevêque de Rheims, et le plus
savant des ecclésiasistiques du siécle, différends qu'il eut tantôt avec les membres de
sa propre Eglise, et tantôt avec la Cour de
Rome, aux usurpations de laquelle il s'op-
posa avec courage. On put observer un
semblable effet dans la dispute sur le sujet

de l'Eucharistie, provoquée par le Traité
de Paschase Radbert, et dans la contesta-
tion avec Photius, le patriarche de Byzance,
dans laquelle il fut nécessaire, en defen-
dant la doctrine et la discipline des Latins,
de recourir à la tradition ancienne, et de
combattre les assertions hardies d'un adversaire expérimenté (1). Ces hommes que le
désir de se distinguer, l'amour de la vérité,
l'ardeur de la dispute, et l'espoir du triomphe,
engagèrent dans ces controverses, montrèrent
beaucoup de sagacité et de force de pensée,
avec une connoissance du sujet assez étendue; mais ils manquèrent de ce goût et de
ce discernement critiques sans lesquels les
recherches les plus savantes, quoiqu'elles
puissent quelquefois convaincre, ne peuvent
jamais plaire. Les ouvrages même d'Hincmar, quoiqu'extrêmement précieux pour
l'étude des antiquités ecclésiastiques, pré-
sentent tous les défauts d'un siécle grossier;
et une comparaison de ces ouvrages avec
ceux de Photius, patriarche de Constantinople, contemporain d'Hincmar, sous le
rapport du style, de la diction, et de
l'ordre, montrera d'un coup-d'œil les ca-

(1) Voyez, sur ces controverses, les écrivains ecclésiastiques.

ractéres distincts de leurs écoles respectives et l'infériorité décidée de celles de l'Eglise d'Occident. Photius est un savant poli, dont le goût, formé sur les meilleurs modèles de l'antiquité, se fait remarquer dans tous les sujets qu'il traite. Hincmar, son égal pour les talens naturels, ne connoissant point le frein de la méthode, et n'ayant qu'une connoissance immense et extraordinaire des antiquités ecclésiastiques, est comme un guerrier qui, étant accablé sous une armure pesante, ne montre ni art, ni légéreté, ni élégance dans ses mouvemens. Photius peut encore intéresser l'Erudit. Pour Hincmar, il doit être consulté par le Théologien laborieux qui désire connoître les controverses du neuvième siécle, et l'état de sa discipline.

XIV. — L'immortel Alfred devint l'ami et le protecteur de Jean Erigéne, lors de son retour en Angleterre. Alfred étoit sur le trône depuis 871; mais les malheurs, causés par les Danois, qui firent des invasions, l'avoient réduit ensuite à un état déplorable; il se passa quelques années avant que sa puissance fût fermement établie, et qu'il eût le loisir de penser au bien particulier de son état. Sa première éducation avoit été négligée; mais, comme il avoit

visité Rome deux fois, la vue des magni-
fiques monumens de cette ville avoit probablement contribué à étendre les idées
d'un esprit qui étoit naturellement élevé.
Après son retour, nous le voyons bientôt
occupé à étudier des poèmes saxons, et ensuite la langue latine.

Lorsque ce grand Roi eut rétabli la tran-
quillité publique, et formé les établissemens
civils et militaires qui furent jugés les plus
propres à maintenir l'ordre et la sécurité,
à encourager l'insdustrie, et à prévenir le
retour de ces calamités qui avoient si longtemps désolé l'Angleterre, nous le voyons
avec plaisir se livrer aux travaux du légis-
lateur, et prendre avec non moins de sagesse des mesures propres à faire revivre la
culture des lettres. Suivant le rapport des
historiens, il trouva à son avénement les
Anglois plongés dans la plus profonde ignorance. Les monastères, qui étoient les seuls
asyles de l'instruction, avoient été détruits,
les moines dispersés, les bibliothéques brû-
lées, et on l'entendit se plaindre, de ce qu'au
midi de la Tamise, il ne connoissoit personne qui pût expliquer l'office latin, et de
ce qu'il n'y avoit au nord que très-peu de
gens qui eussent ce degré d'habileté.

Ayant reconnu les positions qui parois-

soient les plus convenables dans les villes et
dans le voisinage des monastères rétablis, il
y réunit ceux des savans qui étoient dispersés
dans le royaume; et il attira du dehors, par
des traitemens considérables, des hommes
instruits. A cette époque, il fut joint par
Erigène. Mais, quoique les moyens d'instruction fussent disposés, on ne manifestoit pas
généralement de l'inclination à apprendre;
aussi est-il parlé d'une loi qui enjoignoit à
tous les francs-tenanciers, possédant deux
hides de terre ou davantage, d'envoyer leurs
enfans à l'école. Afin même d'exciter davantage, ce Prince promit de l'avancement, soit
dans l'Etat, soit dans l'Eglise à ceux qui auroient fait quelques progrès dans l'instruction.

Parmi les différentes écoles qui furent établies par Alfred, on dit que celle d'Oxford
fut fondée ou au moins rétablie par lui, et
qu'il lui donna beaucoup d'immunités, de
priviléges et de revenus. L'exemple du Prince,
comme il arrive toujours, fut bientôt suivi
par les nobles. Ils établirent aussi des écoles;
et, comme on avoit vu Alfred se plaire dans
la société des savans, la même société devint
le goût à la mode des personnes du plus haut
rang. Par ces moyens, et par d'autres sem-
blables, un changement heureux devint par

degrés plus apparent, et Alfred eut raison de se féliciter lui même de la réforme heureuse qu'il avoit produite dans les mœurs du peuple.

La constance avec laquelle ce prince incomparable, au milieu de ses occupations intéressant la chose publique, continuoit de se livrer à ses travaux littéraires, est presque incroyable. Son temps étoit partagé en trois portions égales, dont l'une étoit consacrée à l'étude et aux exercices de la piété. Pendant qu'il employoit des hommes d'un talent secondaire à faire des traductions angloises qui paroissoient devoir être les plus utiles, lui-même contribuoit, soit par des traductions, soit par des compositions originales, à augmenter l'instruction de la nation, et à exciter le désir de la culture de l'esprit. Au lieu de préceptes généraux, Alfred s'efforçoit d'embellir et d'inculquer ses leçons de morale par des fables ou apologues, «écrits avec élégance et agrément,» dont les uns étoient de sa propre invention, et dont les autres étoient tirés d'ouvrages saxons. On dit même qu'il traduisit du grec les Fables d'Esope; mais nous sommes plus disposés à croire ce qu'on rapporte, qu'il fut l'auteur des traductions saxonnes des Histoire d'Orose et de Bède, ainsi que de la Consolation de la Philosophie de Boece.

On ne peut pas prouver, (ce qu'il ne seroit pas d'ailleurs fort important de discuter)
que ces ouvrages et d'autres attribués à Alfred sont plutôt les productions d'Asser,
Gallois, qui a écrit l'histoire de son règne,
ou de Jean Erigène, qui fut chargé de ré-
gler les études à Oxford, ou de quelques
autres des nombreux savans qui furent protégés par lui et sentirent les effets de sa libéralité. Les talens de ce Monarque étoient
supérieurs aux ouvrages qui lui ont été attribués, et nous savons qu'il encouragea,
par son exemple, les Anglois à se livrer à
tous les travaux qui étoient propres à amé-
liorer leurs mœurs, et à favoriser les plus
grands intérêts de la société. Par l'influence
de ce Prince, on vit de tous côtés prévaloir
l'esprit d'industrie, et l'on vit d'habiles ar-
tistes élever des édifices nouveaux, tandis
qu'on rebâtissoit et qu'on embellissoit les
cités, les châteaux, les palais et les monastères
ruinés.

Les contemporains, les étrangers et les naturels du pays, en rappelant la longue liste
des vertus et des talens d'Alfred, le regardoient comme le plus grand prince, qui,
après Charlemagne, eût paru en Europe, et
la postérité a ratifié les éloges qu'ils avoient
prononcés. Si donc, pendant que Charlemagne

étoit sur le trône, le huitième siécle s'ouvrit en présentant la perspective que j'ai précédemment décrite, comme étant d'un si
bon augure pour l'Europe, il se termina
dans une sphère moins vaste, d'une manière
non moins heureuse pour les habitans de la
Grande-Bretagne. Alfred mourut en l'an
901 (1).

XIV. — En lisant les ouvrages précieux
du savant Muratori, j'ai été un peu surpris
de lire, dans une Dissertation (2) sur l'état
de la littérature en Italie à cette époque, les
grands éloges qu'il fait des écoles de la Grande-
Bretagne, quand nous savons combien leur
état étoit triste avant Alfred. Il parle de Dungal,
qui est supposé né en Ecosse, et qui fut choisi
par l'Empereur Lothaire pour présider aux
études à Pavie. Il pense que ce choix montre
quelle étoit la rareté des maîtres parmi ses
propres compatriotes, et il demande pourquoi
on n'en prevoit pas dans la Gaule plutôt que

(1) Voyez sur Alfred, 1.° les anciens Historiens
anglois, particulièrement Asserius Menevensis, *de
Rebus gestis Alfredi*. 2.° LELAND, *de Script. Brit.*,
où il s'étend beaucoup sur ce Prince. 3.° l'Angleterre ancienne de STRUTT, et l'Histoire d'Angleterre d'HENRY, traduites par BOULARD.

(2) *Antiq. Ital. med. œvi.* Dissert. 43.

dans un pays si éloigné. « J'ai déja montré, répond-il, que la Gaule elle-même avoit besoin de recourir aux Étrangers. On ne doit point, ajoute-t-il, refuser de payer le tribut d'éloges dû à la Grande-Bretagne, à l'Écosse, et à l'Irlande, qui, à cette époque, surpassoient, dans la carrière des lettres, tous les autres royaumes de l'Occident; ce qu'on devoit principalement aux travaux des moines qui encouragèrent et soutinrent vigoureusement la cause des lettres et des sciences pendant qu'elles étoient partout languissantes et découragées. C'est au Saxon Alcuin, que la France a dû de voir renaître les lettres, et rouvrir les écoles. L'Italie convient des services qu'Alcuin et ses compatriotes lui ont rendus. »

Ce passage est flatteur, et peut être vrai en tant qu'il s'applique au petit nombre des individus qu'il nomme; mais son exposition générale de l'état florissant de nos connoissances ne peut être admise; car, suivant qu'Alfred lui-même l'observe, il n'y avoit au Sud de la Tamise aucun homme qui pût traduire l'office latin, et il en existoit dans le Nord très-peu qui eussent ce talent.

Après avoir exprimé les grandes obligations qu'on eut à nos compatriotes, le savant Italien spécifie une faveur signalée qui fut

accordée par le Professeur de Pavie Dungal,
et qui a pu contribuer à inspirer un meilleur goût pour les lettres, et à répandre
par degrés ce goût dans les autres villes
de l'Italie. Cette faveur fut un présent qu'il
fit d'un grand nombre de volumes au couvent de Bobbio, dans le voisinage de Plai-
sance. Ce couvent avoit été fondé, vers le
commencement du septième siécle, par
S. Colomban, moine irlandois, et il est probable que Dungal lui-même y avoit été
moine, et qu'un attachement naturel à son
fondateur avoit été la cause de ce bienfait.
Dans la liste donnée des livres de Dungal et
de beaucoup d'autres, qui formoient la
bibliothéque, il y a beaucoup de volumes
tant sacrés que profanes; mais peu d'ouvrages sont entiers. Il y a quatre livres de
Virgile, deux d'Ovide, un de Lucrèce,
avec des morceaux séparés et imparfaits des
Pères et des autres écrivains. Les moines
paroissent avoir copié, suivant que leur
fantaisie les dirigeoit, ou suivant que leur
zèle étoit plus ou moins constant; et nous
avons souvent lieu de regretter que leur
choix n'ait pas été guidé par un meilleur
goût. Peut-être, cependant, la rareté ou
plutôt la cherté des matériaux, avant que
le papier de toile fût inventé, a pu faire

interrompre souvent le travail des copistes, et laisser leurs ouvrages imparfaits, tandis que les manuscrits qu'ils copioient étoient entiers (1).

XV. — Mais l'état de l'Irlande doit-il être réellement assimilé à celui des autres pays, lorsque Bede et d'autres anciens écrivains nous disent combien elle fut célèbre après la mort de S. Patrice dans le cinquième siècle pour la sainteté de ses disciples et les connoissances générales de ses moines? Il est ajouté, que l'Angleterre et même l'Europe reçurent leur instruction de cette Hibernie, où ceux qui vouloient étudier, se rendoient généralement comme au dépôt de la science. Au commencement du neuvième siècle, il n'y avoit pas moins de sept mille étudians fréquentant les écoles d'Armagh, pendant qu'il existoit trois colléges plus rivaux dans les autres villes, avec beaucoup de séminaires privés dans les provinces plus éloignées.

Je ne sais quel degré de foi il faut ajouter à toutes ces expositions de l'état de l'Irlande; car, quand on considère les différens objets suivans, savoir l'origine supposée

______

(1) Voyez la quarante-troisième Dissert. de Muratori, qui vient d'être citée.

de ses habitans, les dynasties de ses princes,
la police de ses gouvernemens, l'antiquité
de ses archives, et sa renommée littéraire,
on trouve tant de fictions dans les récits
qui en sont faits, que la foi la plus robuste
ne peut se préserver du scepticisme dans
toutes les périodes de l'histoire de ce pays.
J'admets, cependant, que la fiction a souvent quelque vérité pour sa base, et je ne
suis pas disposé à contester les déclarations
positives du vénérable Bede, qu'avant lui,
et vers le temps où il vivoit, l'Eglise ir-
landoise possédoit beaucoup d'hommes émi-
nens; qu'elle avoit des bibliothéques, et
que les connoissances étoient souvent portées
de ses écoles dans les autres pays. Ceux-ci
attestent assez de quels genres étoient ces
connoissances; mais il suffit à la gloire de
l'Irlande, qu'elle ait envoyé au dehors des
maîtres qui ayent contribué par leur zèle
à répandre les connoissances qui existoient
alors, et on ne peut lui reprocher justement
qu'elle n'ait pas communiqué aux autres,
ce qu'il ne lui étoit pas permis à elle-même
d'acquérir d'après les circonstances défavo-
rables du temps. Enfin, quelque admirables
que pussent être les productions des Bardes
et des autres écrivains qu'elle avoit produits,
ce n'étoit qu'en latin, que cette instruction

pouvoit être communiquée aux élèves des autres contrées (1).

XVI. — Après avoir eu l'agréable spectacle du règne d'Alfred; si, au commencement du neuvième siécle, nous jetons les yeux sur le Continent, sur l'Italie, la France, l'Espagne, ou l'Allemagne, nous trouvons ces pays plongés dans des ténèbres plus ou moins profondes, leurs mœurs plus dépravées, et la torpeur de l'ignorance encore plus considérable. Les récits de tous les écrivains sont unanimes à cet égard. A la vérité, les écoles publiques existoient, mais elles étoient peu fréquentées; et si par hasard il paroissoit un homme qui fut l'objet de l'admiration de ses contemporains, l'extrême rareté de ce phénomène ne servoit qu'à confirmer le malheur extraordinaire de ces temps. Même le savant, quoique toujours partial, Baronius (2) regardant par anticipation la suite de prélats indignes qui devoient

(1) Voyez BEDE, *passim*, plus *the Irish Historical Library*, par NICHOLSON, qui contient beaucoup de faits curieux. Voyez, sur Bede, la page 196 de l'Histoire littéraire des huit premiers siécles littéraires de l'ère chrétienne, trad. de Berington par BOULARD.

(2) *Ad annum*, 900.

bientôt déshonorer le siége de S. Pierre,
n'hésite pas de caractériser de la manière
suivante cette époque : « Nous allons maintenant, dit-il, entrer dans une période qui
peut être nommée *de fer*, à cause de son
dénûment de toute supériorité; *de plomb*,
à cause de l'abondance et de l'accroissement
trop fécond du vice; et enfin *obscure*, à
cause de la rareté des écrivains. Il n'est pas
facile de saisir la justesse de la distinction
de ces épithètes dans leur application di-
recte. »

Dans une occasion précédente (1), avant
d'entrer dans mon sujet, je m'exprimai de
la manière suivante, en considérant l'Italie :
« Nous avons déployé visiblement les causes
qui, par une marche graduelle, mais sûre,
ont conduit l'esprit humain à cet état tem-
poraire de ruine; et le lecteur, dont je vou-
drois borner l'examen au sujet que je traite,
qui a déja vu la chaire de S. Pierre déshonorée en partie par quelques hommes indignes, doit être préparé à attendre, dans la
marche, qui ne dévie pas, de la dépravation humaine, que des caractères moins purs
s'efforceront d'envahir le Saint-Siége. Le

____

(1) Histoire de la Puissance des Papes, ouvrage
manuscrit de Berington.

lecteur a souvent déploré la politique sans jugement de beaucoup de Pontifes, qui, sous l'imposant prétexte d'étendre l'influence de la vraie religion, ne négligèrent d'essayer rien de ce qui pouvoit contribuer à l'augmentation de la puissance du siége de Rome. Par cette conduite, ils acquirent des richesses et une souveraineté temporelle, pendant qu'en même temps ils augmentoient le ressort de leur jurisdiction ecclésiastique. La chaire apostolique, étant ainsi entourée de tous les attributs et les charmes du pouvoir et de la richesse, devint un objet d'envie; et les esprits les plus ambitieux commencèrent à y aspirer comme au point où ce désir de prééminence et de jouissances pourroit être le plus complétement satisfait. »

Lorsque nous considérons les factions, qui, pendant plus d'un demi-siècle, désolèrent la ville de Rome, les efforts des Princes voisins pour fomenter la discorde, la puissance illimitée qu'eurent, dans l'enceinte des murs de cette ville, trois Dames romaines de sang patricien, savoir Théodora la mère, avec ses filles Marozia, et Théodora, les intrigues amoureuses et politiques où elles entrèrent, les caractères de beaucoup de Papes, particulièrement des trois Jean X, XI et XII, qui, par les manœuvres de ces femmes ou par des agens également indignes, furent élevés sur le trône pontifical; lorsque, dis-je, nous nous rappelons tous ces faits, nous ne pouvons nous empêcher de reconnoître la justesse du reproche, que le cardinal fait à ce siècle, au moins par rapport à l'enceinte de la ville de Rome. Ou les lois gardoient entièrement le silence, ou, quand elles parloient, on n'avoit point d'égard à leur voix, les admonitions de la justice étoient suspendues; l'intérêt ou la corruption, la violence ou la fraude prévaloient universellement. Ces causes étoient plus que suffisantes pour exciter l'indignation d'un écrivain moins ami de la vertu, de la discipline, et de l'honneur de son Eglise; mais, quoique Muratori admette les principaux faits, il est plus modéré dans ses remarques; et le lecteur sourira peut-être, en voyant ce savant Italien aussi sérieusement occupé à adoucir la sévérité de Baronius, ou à tempérer la force de ses reproches (1).

« C'est avec beaucoup trop de justice, observe Tiraboschi (2), que l'épithète *de*

(1) Voyez les *Annali d'Italia* et les Annales de Baronius, du dixième siècle.

(2) T. 3, l. 3.

fer a été appliquée à cette malheureuse époque, pendant laquelle la chaire de S. Pierre fut souvent déshonorée par celui qui l'occupoit. Les excès monstrueux, qui étoient alors très-nombreux, remplissent toutes les histoires de ces temps. C'est une réflexion satisfaisante pour moi, que les recherches dont je m'occupe m'exemptent de la nécessité de rapporter des faits, que je désirerois de voir ensevelis dans un éternel oubli. »

Je me console aussi, par la même réflexion; mais, si cette cause abrège le travail de ma narration, il doit être également diminué par la conviction certaine, que dans une période *de fer, de plomb,* et κατ' ἐξοχήν, *d'obscurité*, ce seroit une perte inutile de temps, que de chercher des savans, ou de vouloir examiner quelles ressources on avoit pour l'instruction. L'auteur, que je viens de citer, et qui est toujours jaloux de l'honneur de son pays, avoue, que l'Italie ne pouvoit alors se glorifier que de deux évêques qui méritoient le nom de savans dans la partie de la littérature ecclésiastique; de ces deux, l'un étoit certainement un Étranger, et l'autre certainement n'étoit pas un Italien. Ils se nommoient l'un Atto, évêque de Verceil, et l'autre Raterius, évêque de Verone. Les écoles, comme je l'ai remarqué, ne laissoient pas que d'être fréquentées, même dans les villages, où les ministres de la religion enseignoient, et dans lesquelles on pouvoit envoyer les enfans; mais la grammaire, ou au plus le *Trivium*, encore grossièrement inculqué, comprenoit tout le cercle de l'instruction. Il a été aussi observé, que quand on donnoit ces connoissances ou même une connoissance plus étendue, comme celle de la dialectique ou de la logique, cela se faisoit toujours relativement à l'étude de la théologie, ou conjointement avec cette étude. En effet, comme le savoir de ce temps étoit exclusivement resserré dans l'ordre ecclésiastique, c'est-à-dire dans les moines et les hommes d'église, il étoit naturel, que l'instruction ne fût dirigée que sur eux seuls; et, comme la théologie alors en vogue étoit sèche et contentieuse, toutes les études préparatoires (1) devoient naturellement avoir le même caractère.

Dans un temps où la discipline étoit généralement relâchée, et où le vice triomphoit, ceux qui vouloient étudier les sciences

____

(1) MURATORI, Dissert. 43. — BRUCKER, t. 3, p. 632.

devoient être en petit nombre; et on ne pouvoit pas espérer, que les ecclésiastiques fussent moins dissolus que les laïcs qui avoient
été corrompus par l'exemple des premiers.
Les auteurs ont observé, qu'excepté la barbe,
la chevelure et la longueur du vêtement supérieur, on ne pouvoit trouver de diffé-
rence entre les ecclésiastiques et les autres
habitans, et on en remarquoit encore moins
dans leur conduite, leur genre de vie, ou
leur société. On a rarement vu cette espèce
de parité. Et, comme l'étude, telle qu'elle
étoit en général, servoit peu à perfectionner
le caractère ecclésiastique, les hommes du
monde la méprisoient. A Rome, qui a été
en tout temps regardée comme une ville au
dessus du niveau ordinaire des autres cités
ou pays, on étoit en général tombé si bas,
que, comme un écrivain presque contemporain de cette époque même nous l'apprend,
« quand on vouloit exprimer l'extrême mépris pour un adversaire, on étoit dans l'u-
sage de l'appeler un *Romain*; ce mot ren-
fermant tout ce qui étoit bas, timide, mer-
cenaire, impudique et faux (1). » Cependant
quels qu'aient pu être les vices des Romains,

(1) LIUTPRAND., *Leg.*, *ad Niceph. Pho-
cam.*

et quelque grossière qu'ait été leur ignorance, ils conservèrent encore quelque portion de leur esprit naturel. Lorsque Jean XII,
ayant été cité devant un Synode convoqué
par l'Empereur Othon dans l'église de Saint
Pierre, eut refusé de paroître, les Pères rétorquèrent contre lui, dans les termes suivans, l'excommunication dont il les menaçoit. « Judas, dirent-ils, reçut de son maître,
avec les autres Apôtres, le pouvoir de lier
et de délier; mais il n'eut pas plutôt trahi
Jésus-Christ, que le seul pouvoir qui resta
à ce perfide, fut de se lier lui-même. » Les
crimes dont ils accusoient ce Pape, et de la
vérité desquels ils avoient des preuves irrécusables, étoient le meurtre, le sacrilége, la
simonie, la débauche grossière, l'inceste et
le blasphême (1).

Ce qui restoit encore de mœurs régulières
et de littérature, si on peut se servir de ce
terme, se trouvoit dans l'enceinte des murs
des couvens, où il y avoit au moins quelques
hommes studieux dont la plupart consacrèrent
leurs talens à la composition d'annales et
d'histoires qui se ressentent beaucoup de la
grossièreté caractérisant cette époque, mais
qui sont encore précieuses par leur air de

____

(1) LIUTPRAND., *Hist.*, t. 6, c. 6.

candeur et de vérité (1). D'autres moines
s'occupoient de composer ce qu'ils appeloient
des traités de morale, qui consistoient généralement dans des passages tirés des écrits
des Pères latins, des canons des Conciles, et
des décrets des Papes, tandis que les religieux, qu'on regardoit comme les plus habiles, étoient chargés de la pénible tâche de
l'éducation. Mais, quoique les portes des
écoles fussent ouvertes à tous, leurs élèves à
cette époque n'étoient guères que des jeunes
gens destinés à la vie monastique. On leur
apprenoit les élemens de toutes les connoissances contenues dans le *Trivium* et le *Qua-
tervium*, dénommés les arts libéraux; mais
nous savons quels étoient les maximes ab-
surdes et les préceptes repoussans dans lesquels
étoient resserrées ces connoissances où il n'y
avoit point de place pour l'érudition classique, pour la morale proprement dite, pour
l'histoire naturelle ou la philosophie expéri-
mentale. S'il arrivoit même, dans ce cercle
étroit où l'on étoit resserré, qu'un génie extraordinaire devançât son siècle, il étoit
soupçonné d'un commerce secret avec
les esprits, et ses connoissances étoient

____

(1) Voyez beaucoup de ces histoires publiées
dans le grand ouvrage de Muratori.

mises au nombre des théories de la magie.

XVII. — J'ai déja observé que la transcription des livres étoit l'occupation favorite des moines; et, attendu qu'il ne falloit absolument qu'une écriture lisible et belle pour exécuter ce travail, et que ce talent pouvoit s'acquérir par un exercice mécanique, il arrivoit souvent que parmi les copistes un grand nombre n'entendoit rien de la langue de leur auteur. Cette conjecture ne fut jamais plus probable que dans les ténèbres du dixième siécle. De là résultèrent, quoiqu'il ne soit pas dit que quelquefois d'autres causes n'y ayent pas contribué, les nombreuses fautes que, lors de la renaissance des lettres, on découvrit dans les manuscrits, et qui ont contribué à composer cette masse énorme de leçons diverses qui ont si terriblement exercé la sagacité des savans modernes. Cependant il y a peut-être eu plus de méprises à craindre de ceux qui se croyoient savans ou des demi-savans, que de ceux qui étoient décidément ignorans; en effet, ces derniers ne s'occupoient que de remplir fidèlement les parties mécaniques et orthographiques de leur tâche; tandis que les premiers, vains de leur savoir, pouvoient être souvent tentés d'altérer le texte, et de le mettre au niveau de leur foible capacité. Le savant S. Jérôme avoit reproché, longtemps auparavant, cette arrogance nuisible aux copistes de son propre temps. « Ils écrivent, dit-il, non ce qu'ils trouvent, mais ce qu'ils croyent entendre, et ils font voir leurs propres erreurs, tandis qu'ils croyent corriger les méprises des autres. » Les erreurs, changeant le sens d'un auteur, qui ont été ainsi introduites, sont les pires de toutes; au lieu qu'il seroit plus aisé de remédier à la bévue grossière ou à la négligence de l'ignorant ou du paresseux qui auroit substitué une lettre à une autre, ou un mot qui n'a pas de sens à un mot qui en a (1).

Mais si le travail des moines eût été aussi assidu qu'on l'a souvent prétendu, comment seroit-il arrivé que les copies des ouvrages fussent si rares, tandis que le nombre des maisons de religieux étoit si grand dans tous les pays? Le haut prix du parchemin ou du vélin a pu expliquer pourquoi quelques ouvrages sont incomplets; et la même cause occasionnoit aussi une rareté générale. D'ailleurs, la transcription se faisoit lente-

(1) Voyez-en davantage, sur ce sujet, dans la quarante-troisième Dissertation de Muratori.

ment, surtout lorsqu'on se donnoit de la peine pour former de beaux manuscrits. Il faut ajouter à ces difficultés le manque de sûreté de ces temps et les incursions des conquérans ou envahisseurs barbares, par lesquels les monastères étoient souvent pillés, et leurs bibliothèques étoient détruites ou dispersées. Cependant, je ne suis pas encore satisfait, et l'étrange fait de la rareté me porte à croire, que les plumes des moines étoient moins constamment employées, que beaucoup de personnes ne seroient portées à le croire. Dans les plus riches couvens, où les bibliothèques étoient principalement formées, un court catalogue suffisoit pour comprendre le nombre de leurs livres; et le prix des livres, pour ceux qui étoient disposés à en acheter, étoit exhorbitant. Dans les Vies des Papes et de beaucoup d'évêques, on parle des donations de livres comme d'actes d'une générosité signalée. Ces dons, étant regardés comme dignes d'un éternel souvenir, étoient quelquefois inscrits sur la tombe des bienfaiteurs. Dans une Lettre écrite par Loup, abbé de Ferrières, à Benoît III, cet abbé prie le Pape de lui prêter les Commentaires de S. Jérôme sur le Prophète Jérémie, dont il observe qu'on ne peut trouver en France aucun exemplaire complet, et avec eux l'ouvrage de Cicéron *de Oratore*, les Institutions de Quintilien, deux ouvrages desquels on n'y possède que quelques parties, enfin le Commentaire de Donat sur Térence (1). Il ajoute, que, si Sa Sainteté a la bonté de lui faire passer ces ouvrages, ils seront copiés avec toute la célérité possible, et lui seront fidèlement rendus (2).

La rareté des livres, qui existoit alors, et de laquelle on pourroit citer d'innombrables preuves, peut être considérée comme la cause ainsi que comme l'effet de l'ignorance. Plus de connoissances, ou le désir d'en acquérir davantage, qui étoit excité dans des temps plus heureux, auroit entretenu la curiosité et multiplié les moyens d'instruction, ainsi que les matériaux qui y servent. Les diverses productions du goût grec et romain, à la plus belle époque de leur littérature, ne circuloient qu'en manuscrits. On n'avoit pas alors le désir de les posséder,

(1) Voyez *Bibl. Latina*, t. 2.

(2) Voyez la quarante-troisième Dissertation de Muratori, et la seconde Dissertation, dans l'Histoire de la Poésie angloise, de Warton, ouvrage dans lequel on a rassemblé beaucoup de faits curieux sur la rareté et la cherté des livres à cette époque.

et j'en accuse les moines. « Mais, dit-on, les ouvrages sur lesquels ils travailloient le plus, tels que les écrits des Pères latins, étoient volumineux; et ils étoient en outre chargés souvent de transcrire et d'embellir les livres desquels on faisoit usage dans le service de l'Eglise. » J'admets cette réponse, et j'admets de plus, que, manquant de goût et de critique, ils étoient portés par eux-mêmes, ou obligés par leurs supérieurs, de travailler sur quelques productions de peu de valeur. Cependant, comme ces hommes étoient nombreux, et se multiplioient sans cesse, parce que la mode des institutions monastiques dominoit de plus en plus, on a au moins sujet d'être surpris de ce qu'ils ont fait si peu. Après le laps d'un peu moins de mille ans, depuis la chûte de l'Empire d'Occident, jusqu'à la renaissance des lettres, période pendant laquelle nous savons, que les moines dans toutes les contrées, à mesure qu'on érigeoit des couvens, continuoient de s'occuper à copier des ouvrages, et à garnir leurs bibliothéques, on voit que les livres étoient encore très-chers, et qu'après la recherche la plus exacte on n'a découvert qu'un petit nombre d'exemplaires de ces ouvrages les plus précieux, qui étoient même mutilés et endommagés, tandis que les autres ont été perdus irrévocablement. Nous devons néanmoins être reconnoissans de ce que quelques-uns ont été conservés, et je ne veux pas priver les moines qui ont travaillé du tribut d'éloges qui leur est dû, quelque foibles que leurs titres puissent être (1).

J'ai observé, que, dans toutes les grandes abbayes, il y avoit un appartement appelé *Scriptorium*, dans lequel les écrivains étoient occupés à transcrire les livres d'office pour le chœur, et tels autres qui étoient regardés comme utiles à la bibliothèque pour l'entretien de laquelle il étoit souvent donné des biens fonds. Ceci, cependant, étoit un moyen d'augmenter les bibliothèques, plus récent que les temps dont je parle. L'historien de la poésie angloise (2) fait l'énumération de beaucoup d'ouvrages qui furent ainsi transcrits, parmi lesquels il y en a quelques-uns qui étoient des classiques latins. Ceux-ci étoient quelquefois enluminés, et on ajoutoit différens ornemens à leurs couvertures.

(1) Dans la seconde Dissertation de Warton, qui est en tête de son Histoire de la Poésie angloise, il est favorable aux moines.

(2) Même Dissertation. Le passage de Warton, auquel je renvoye ici, est extrêmement curieux, et montre avec quel soin il a travaillé son sujet.

XVIII. La seconde partie du siécle, en Italie spécialement, se passa sous de meilleurs auspices. Othon, surnommé le Grand (1), devint Empereur et Roi d'Italie; et, quoiqu'il fût lui-même peu lettré, cependant, par un gouvernement ferme et pacifique, il dissipa les factions, et établit cette sécurité qui est favorable aux arts. Nous apprenons d'un écrivain assez ancien (2), quels étoient les exercices des élèves dans les plus célèbres écoles, car nous devons présumer que l'école où Othon envoya son fils aîné, étoit de ce genre. « Les colléges des chanoines, dit-il, étoient les séminaires où les jeunes gens étoient instruits dans la sagesse céleste et dans les beaux-arts; ils avoient en même temps des exercices réguliers de prières et des leçons données dans l'Eglise, où présidoit l'évêque, comme le principal modérateur et le surveillant des connoissances ainsi que de la discipline ecclésiastique. Le fils de ce respectable et excellent Empereur Othon fut ainsi instruit à Hildesheim où il apprenoit la science ecclésiastique, assistoit aux prières publiques avec ses

(1) Né en 912, il fut couronné en 936.

(2) *Joach. Curæus, Annal. Siles.*, cité par BRUCKER, t. 3.

condisciples, et entendoit la musique du chœur. »

En 962, Othon fut couronné Empereur par le dissolu Pape Jean XII. Environ six ans après, il est parlé de la seconde ambassade de l'historien Liutprand (1) à la cour de Byzance. Je dirai ailleurs quelque chose de cette ambassade et des événemens qui l'accompagnèrent. Certainement Liutprand ne manquoit pas d'instruction; son esprit étoit irritable et ardent; et le ton de sa voix, si nous en croyons son propre récit, singulièrement doux. Dans sa première jeunesse, il avoit appris la langue latine, si même elle n'étoit pas sa langue naturelle; dans ses ambassades à Constantinople, il avoit acquis quelque connoissance du grec; enfin dans un Concile tenu à Rome, nous le voyons être auprès des Pères qui le composoient, l'interprète des diverses demandes d'Othon, auquel la langue saxonne ou allemande étoit seule familière. Mais, quoique son style ne soit pas repoussant, il est âpre et dénué d'harmonie. Quand il se croit lui-même offensé, ce style est souvent choquant, et contient des plaisanteries basses. Les portraits qu'il fait

____

(1) Les Français l'appellent ordinairement *Luit-prand.*

du vice sont dégoûtans et sans délicatesse. Cependant, Liutprand étoit évêque de Cré- mone. « Dans cet âge de fer, observe Mura- tori (1), il s'élève au dessus de ses compa- triotes, et ses écrits peuvent même aujour- d'hui être lus avec plaisir, malgré l'âpreté de leur style, qui est vraiment analogue au caractère de son temps. »

La pédanterie de Liutprand et la dépra- vation générale des mœurs des Italiens ont bien pu dégoûter le noble esprit d'Othon; et le rendre insensible au sort des habitans de l'Italie; en effet, l'Allemagne l'occupa beau- coup plus. Il s'efforça d'y extirper l'igno- rance; il fonda et dota plusieurs siéges, nomma des évêques, érigea des couvens, et ouvrit des écoles. Mais sa générosité a été critiquée comme imprévoyante. Certainement, les siécles suivans éprouvèrent les mauvais effets des richesses et des honneurs qu'il prodigua à l'Eglise avec trop peu de discer- nement. Il mourut en 973. Il a été justement nommé *le Grand*, pour ses exploits mili- taires, son zèle religieux, son amour pour la justice, enfin ses nombreuses et brillantes vertus, que les ténèbres qui l'environnoient rendoient encore plus éclatantes.

(1) *Prœfat. in* LIUTP., *Rer. Ital. Script.*, t. 2, p. 1.

Othon II, successeur d'Othon-le-Grand, fut élevé parmi les chanoines de Hildesheim. Cependant il n'égala point son père pour les qualités morales; et, quoiqu'il le surpassât pour l'instruction, il ne paroît pas qu'il ait fait autant pour les lettres. Leur cause paroissoit être désespérée; en effet, dès qu'on ne peut se flatter de succès, comment se livreroit-on à un travail vain et inutile? D'ailleurs, comme les fluctuations de l'esprit avoient alors pris dans tous les pays le même niveau, peu de personnes pouvoient s'apercevoir de la dégénération de leur goût, ou se proposer de meilleurs modèles à imiter, en sentant eux-mêmes leur propre infériorité. Quoique tout fût dans un grand état de foiblesse, cependant Liutprand a pu espérer et se voir accorder, par ses contemporains, un degré de réputation, tel que le goût le plus pur auroit pu le faire obtenir à ses favoris les plus distingués dans un autre temps. Othon possédoit un avantage particulier. Son épouse étoit Théophane, fille de Romain, Empereur. Cette Princesse apporta à la cour d'Occident quelque goût pour les lettres avec les accens harmonieux de sa langue natale. Ce goût avoit beaucoup dégénéré à Byzance; mais, si on le compare à celui des autres pays, il pouvoit encore être regardé comme raffiné et classique. Cette Impératrice nous est représentée comme très-accomplie, et comme ayant possédé des talens brillans, ainsi qu'une élocution agréable. Il est donc à présumer, qu'Othon apprit d'elle la langue grecque, dans laquelle on dit qu'il excella. Il peut avoir aussi appris d'elle, plus que des chanoines d'Hildesheim, à apprécier l'importance du mérite littéraire. Mais les diverses entreprises et les guerres continuelles dans lesquelles il fut engagé depuis la mort de son père, détournèrent son attention des occupations plus paisibles; il mourut n'ayant régné que dix ans, et il a eu le malheur d'être appelé le Sanguinaire (1).

On ne peut que former des conjectures sur ce qu'auroit fait son fils Othon III, alors enfant, élevé sous les yeux de sa mère, et ayant pour maîtres les plus habiles professeurs de son siécle. Les écrivains contemporains, des panégyriques desquels nous savons apprécier le mérite, parlent de ses connoissances avec admiration. Si ces talens eussent été bien dirigés, nous aurions lieu d'être affligés de sa mort prématurée. Il vé-

(1) Voyez les Auteurs cités par Muratori, Annales d'Italie, t. 5.

cut assez pour voir la fin du siècle, mais non pour voir celle de sa vingt-deuxième année (1).

XIX. — Après tout ce qui a été dit, il est nécessaire que je tire du silence de l'oubli les noms de ceux qui, pendant ces dernières années, soit en Allemagne, soit en Angleterre, si nous pouvons ajouter foi aux Auteurs des Chroniques de ces pays, ont cultivé avec succès les différentes branches de connoissances. Même les écrivains modernes (2) montrent encore de la partialité pour la Grande-Bretagne; ils disent que les successeurs d'Alfred y montrèrent un zèle louable pour soutenir les établissemens formés par ce Prince; que, quand toute érudition avoit presque disparu dans les autres contrées, des savans y florissoient encore; enfin, que des maîtres habiles continuoient de présider aux écoles d'Oxford.

XX.—Suivant les Historiens, on comptoit au nombre des hommes les plus distingués dans la carrière de la science et de toutes les vertus, le célèbre archevêque Dunstan. Il avoit été élevé dans le monastère de Glas-

----

(1) *Ibid.*, t. 6.

(2) Brucker, t. 3, p. 638. Bâle, Pits, et Leland sont plus partiaux.

tonbury, dont il devint ensuite abbé. Son Biographe (1) rapporte que ce lieu, qui n'étoit pas encore établi en couvent, étoit le centre de réunion de beaucoup d'hommes illustres versés dans les sciences sacrées et profanes, principalement d'Irlandois. Ces derniers, ajoute-t-il, aimoient passionnément une vie errante, et ils s'établirent à Glastonbury, parce que sa situation isolée leur avoit fait choisir ce lieu conforme à leurs vues, et principalement à cause que S. Patrice, leur grand patron, y avoit vécu et y étoit mort. Ces hommes lettrés ouvrirent des écoles, et y admirent les enfans de la noblesse, dont ils comptoient que la libéralité les dédommageroit du foible produit des environs de leur résidence. Du nombre de ces savans fut Dunstan. Le Biographe de ce Saint nous donne ensuite une description de ses talens et des études auxquelles il se livroit principalement. « C'étoient, dit cet Auteur, les sciences des philosophes, que l'antiquité a défini être les sciences des choses qui sont, et de celles qui peuvent être d'une

____

(1) OSBERNUS, *in Vitâ Sancti Dunstan.* Il vivoit dans le onzième siécle. Voyez, sur ce Saint, le second volume de la Traduction de l'Histoire d'Angleterre du Docteur Henry, pages 197, 200 et 382.

autre manière, telles que 1.º les grandeurs
dont quelques-unes sont fixes et sans mouvement, tandis que d'autres sont toujours
sujettes au changement, et ne sont jamais en
repos; 2.º les multitudes dont quelques-unes
sont *per se*, et dont d'autres sont *in ratione
posita.* » Rempli de l'idée que ces sciences
contenoient le germe d'une grande perfec-
tion, Dunstan s'y appliqua avec une ardeur
extraordinaire. Les progrès qu'il fit furent
proportionnés à son zèle; mais la musique
instrumentale fut ce qu'il paroît avoir le
plus aimé. « Comme le prophète David, il
paroît avoir quelquefois touché son psalté-
rion, pincé de la harpe, enflé l'orgue, ou
joué de la cymbale. » Il étoit également remarquable pour son adresse dans les arts
mécaniques. Il savoit peindre, écrivoit supé-
rieurement, ciseloit des figures, et donnoit à
l'or, à l'argent, à l'airain, toutes les formes
qu'il vouloit.

Suivant un autre Auteur (1), pendant
que l'esprit de Dunstan étoit, dans ses premières années, presque absorbé dans des
recherches sacrées, il consacroit quelques
heures à certaines études profanes, passant

____

(1) *Guil.* MEILDIEN., *ap. Leland., de Script.
Brit.*

légèrement sur les poètes ou sur tels arts qui étoient de peu d'utilité pratique, mais cultivant avec plus de soin l'étude de l'arithmétique, de la géométrie, de l'astronomie, et de la musique. Dans le progrès de ces études, il observe que les maîtres irlandois promettoient beaucoup, tandis qu'ils montroient peu d'habileté dans la formation des lettres latines et dans leur prononciation correcte. «Mais c'étoit (ajoute Guillaume Meildien) la musique composée par Dunstan ou par d'autres, qui charmoit le plus son ame. Fermant ses livres, il mettoit la main sur sa harpe, et tiroit de ses cordes des sons mélodieux.» Dans une occasion particulière, il prit avec lui sa harpe; et, pendant qu'elle étoit suspendue à la muraille, et qu'il étoit occupé à copier un modèle qu'une Dame l'avoit prié de dessiner, elle fit entendre spontanément l'air d'une antienne bien connue, comme pour le réjouir dans son travail, en faisant résonner à son oreille les sons les plus agréables. La compagnie fut saisie d'étonnement, et exprima bientôt sa conviction, que Dunstan étoit plus savant qu'il n'appartient proprement à l'humanité. «On a entendu une fois, dit l'Auteur, un âne proférer des mots comme un homme, mais jusqu'alors on n'avoit jamais entendu une harpe jouer comme la harpe de Dunstan (1) »

Relativement à ces temps, où celui qui s'élevoit un peu au dessus du niveau commun d'une ignorance grossière, excitoit l'admiration, nous admettrons aisément que cet archevêque étoit un homme accompli; et les contes merveilleux dont sa vie est remplie ne sont pas nécessaires pour nous convaincre, que sous les autres rapports il étoit grand et bon, quoique certaines parties de sa vie publique, lorsqu'il fut devenu puissant, ayent pu paroître mériter une juste censure. Un Auteur moins ancien (2) ayant dit, que les grands flambeaux du siécle dans la Grande-Bretagne avoient brillé comme des étoiles, observe, par rapport à Dunstan, qu'après Alfred les arts libéraux avoient en beaucoup d'obligations au zéle de ce Prélat qui les avoit encouragés. Cet Auteur ajoute encore, que Dunstan répara avec munificence beaucoup de fondations royales, qu'il fut la terreur des Rois et des nobles dissolus, et le courageux soutien du pauvre et du foible. On

(1) Osbernus, *ut suprá.*

(2) *Wil.* Malmesb., *de Gestis Reg. Angl.* l. 2. Guillaume de Malmesb. est du douzième siécle.

cite, comme un exemple de son esprit, qu'il imagina de faire fixer un certain nombre de marques ou de points d'or à certaines distances dans les coupes, au moyen de quoi l'on pouvoit connoître la mesure qu'on pouvoit avaler, et qui ne pouvoit être excédée sans honte. Les qualités de l'esprit et les rares talens de Dunstan sont résumés en peu de mots de la manière suivante : « Il voyoit les choses avec tant de sagacité et il s'exprimoit si heureusement, qu'il n'y avoit rien de plus profond que son invention, de plus beau que sa diction, ni de plus doux que son débit (1).»

Ce tableau doit suffire à l'Angleterre. En effet, si les écrits et le caractère général de ce siécle ne prouvoient pas les ténèbres dans lesquelles il étoit plongé, quel homme, en parcourant ces dernières lignes, ne se croiroit pas revenu aux siécles d'or où Platon donnoit des leçons, et où Cicéron haranguoit (2)? Je dois aussi observer, que le lecteur, qui n'a pas sous les yeux les passages originaux, doit vraisemblablement

(1) OSBERNUS, *ut suprà.*

(2) Histoire de la Puissance des Papes, ouvrage manuscrit de Berington.

former un jugement erroné d'après les traductions qu'il est nécessaire d'en faire dans
un ouvrage destiné à être généralement lu.
Il seroit peut-être plus satisfaisant pour un
petit nombre que ces passages fussent donnés en original; mais d'autres pensent, que,
si on les traduit, il faut conserver leur
idiôme grossier et barbare. Cependant qui
est ce qui pourroit alors les supporter?

XXI. — Passant les noms du petit nombre
de savans qui contribuèrent vers cette époque
à préserver d'une extinction totale le pâle
flambeau de la science dans les écoles de
France, et dont le principal fut Abbon,
abbé de Fleury, je viens avec plaisir à
Gerbert, mieux connu sous ce nom, que
sous celui de Sylvestre II, qu'il prit lorsqu'il fut devenu Pape. Dans une occasion
précédente (1), en commençant à rendre
compte d'affaires importantes à beaucoup
desquelles il prit part, je me suis exprimé
de la manière suivante : «Avant de parler
de ces événemens, il convient que je fasse
connoître aux lecteurs un homme, qui, par
ses talens, par l'ambition que ces talens lui
inspirèrent, et par la haute réputation qu'il
eut dans l'Eglise et dans les cabinets des

____

(1) Même Manuscrit de Berington.

Princes, se trouva en état de jouer un rôle principal dans les transactions générales de ce temps; il est d'ailleurs agréable, après l'obscurité dans laquelle nous avons été long-temps enveloppés, de contempler la trace lumineuse du génie qui paroît ranimer un peu les foibles restes des arts libéraux.»

Gerbert naquit, dans l'Aquitaine, de parens obscurs, et reçut sa première éducation dans le seul lieu où on pouvoit alors s'en procurer, c'est-à-dire dans un couvent voisin. S'il ne s'en échappa point, il en fut transféré dans la famille du Comte de Barcelone, dans laquelle il continua ses études en recevant les soins d'un évêque espagnol qu'il accompagna d'Espagne à Rome. Il fut introduit auprès d'Othon-le-Grand, s'attacha à Adalbaron, archevêque de Rheims, qu'il suivit dans cette ville, et retourna avec lui l'année suivante, vers 972, en Italie. Ses contemporains disent que ses progrès dans la science, qui comprenoit la géométrie, l'astronomie, les mathématiques, la mécanique et toutes les branches de connoissances subordonnées, furent prodigieux. Son séjour en Espagne, pendant lequel il visita Cordoue et Séville, l'avoit mis en état de profiter des instructions des Docteurs arabes. Il reçut alors la première récompense de ses talens, en étant

nommé, par Othon, Abbé du célèbre monastère de Bobbio en Lombardie. Il devint
ensuite précepteur du petit-fils de son protecteur; et, s'étant ensuite retiré de son abbaye, où il n'avoit jamais éprouvé de satisfaction, il revint joindre son ami l'archevêque de Rheims. Là, il eut le loisir de
suivre ses études favorites, pendant que,
suivant qu'il est prouvé par ses lettres (1),
ses talens étoient utilement employés dans
différentes transactions politiques; là, indé-
pendamment de la surintendance des écoles
politiques, l'éducation de Robert, fils et successeur de Hugues Capet, fut confiée à ses
soins; là, enfin, il eut le mérite de s'occuper à rassembler de tous côtés des livres, de
remplir son esprit de tout ce qu'ils contenoient,
et de répandre parmi ses compatriotes une
ardeur plus noble que celle qui pouvoit être
inspirée par les plaisirs de la campagne, les
exercices guerriers, ou les excès de la table.
On dit que les effets de son zèle éclairé se
firent bientôt sentir dans l'Allemagne, dans
la Gaule, ainsi que dans l'Italie, et que
ses écrits, son exemple, et ses exhorta-
tions excitèrent beaucoup d'hommes à aspi-

(1) *Bib.*, p. 8, t. 10. Elles ont été recueillies par
Papyre Masson.

rer à la réputation de leur maître; de manière que ceux-ci, éprouvant la noble passion de la science, ils renoncèrent aux préjugés barbares de leur siécle. Dans ses lettres, Gerbert cite les noms de différens auteurs classiques, dont il possédoit les ouvrages quoique souvent incomplets, et il paroît par le style de ces lettres, que les savans ne liront pas sans plaisir, que ce n'étoit pas une vaine ostentation qui le portoit à faire servir sa richesse à employer des copistes, et à faire faire des recherches dans les dépôts où on pourroit trouver des restes moisis des anciens ouvrages de littérature et de science.

Quoique, si nous en croyons ses enthousiastes, le génie de Gerbert embrassât toutes les branches de connoissances, son goût particulier étoit pour les recherches mathématiques. Si l'on pense à la barbarie de son siécle, et si l'on fait abstraction de toute comparaison avec les temps modernes, on peut dire qu'il avoit fait des progrès assez grands dans cette partie des sciences; mais ses connoissances, examinées en elles-mêmes, et non relativement, n'étoient pas considérables; sa géométrie, quoique simple et claire, étoit élémentaire et superficielle. On ne voit pas quelle étoit l'étendue de sa science astrono-

mique; mais ce qui mérite principalement
d'être remarqué, c'est l'ingénieuse facilité
avec laquelle il favorisoit ses progrès, et ren-
doit les découvertes plus palpables, en com-
binant le mécanisme avec la théorie. Il
construisit des sphères dont il a décrit la
disposition (1); il observa les étoiles avec des
tubes, inventa une horloge qui marquoit
les heures avec quelque exactitude; enfin,
par le moyen du vent poussé en avant par
un fort courant d'eau, il sut remplir des
tuyaux d'airain de différentes longueurs et
grandeurs, de manière à produire des sons
de musique. Il appelle cet instrument un
orgue, plus bruyant, comme nous pouvons
le croire, et moins mélodieux que la harpe
d'Eole ou celle de Dunstan. La musique,
qui étoit regardée comme une partie essen-
tielle du *Quadrivium* ou des hautes sciences,
fixa nécessairement l'attention de Gerbert.
On dit aussi, que nous lui devons les chif-
fres arabes, qu'il apprit vraisemblablement
à l'école de Cordoue (2). De pareilles découvertes et de pareilles connoissances mar-
quent un esprit qui n'étoit pas commun;
mais, tandis qu'elles excitoient l'admiration

(1) *Epit.* 148.
(2) Voyez BRUCKER, t. 3, p. 647.

de quelques hommes, elles inspiroient de l'horreur à d'autres. Ceux-ci ne pouvoient contempler les lignes qu'on lui voyoit tracer, ni sa grave attention lorsqu'il examinoit la face des cieux, sans concevoir qu'il se livroit à des opérations magiques, et entretenoit un commerce illicite avec le Diable et les mauvais Anges. Suivant une légende puérile, ses grandes connoissances, et tous les succès qu'il eut dans sa vie, furent la suite d'un pacte qu'il avoit fait avec Satan, lorsqu'il se retira du couvent de Fleury (1).

Gerbert fut employé comme nous l'avons dit, dans les écoles de Rheims, ville où mourut son ami l'archevêque Adalbaron; il paroît que ce dernier l'avoit désigné pour son successeur, et que son intention fut approuvée par le clergé et les évêques de la province. Cependant il ne remplit pas le siége vacant. Le trône de France étoit alors occupé par Hugues Capet, qui devoit son élévation au meilleur de tous les titres, au choix du peuple (2), quoique le Duc Charles,

____

(1) *Ibid.*

(2) On n'est presque jamais certain du choix du peuple; et les malheurs de la France depuis 1789, ont bien prouvé que les peuples, qui n'ont pas le sage esprit de conserver les Rois, dont la famille

oncle du dernier Roi, et son héritier légitime, vécût encore. Charles avoit un neveu, nommé Arnolphe, qui avoit été destiné à l'Eglise. Pour se concilier sa faveur, et adoucir, par son moyen, s'il étoit possible, le ressentiment du Duc, Hugues proposa à Arnolphe de le placer sur le siége de Rheims. Celui-ci accepta cette offre avec plaisir, et prêta serment de fidélité au Roi. Aucun lien ne put retenir ce prêtre perfide, car bientôt après il livra la ville à son oncle; et, pour déguiser sa trahison, il se laissa faire lui-même prisonnier. Des négociations et une controverse furent la suite de cet événement. Les deux parties s'adressèrent à Rome; mais le Roi, n'espérant pas y réussir, prit le parti de soumettre l'affaire aux évéques de la Province. En conséquence, il convoqua un Synode à Rheims. Ce fut vers l'an 991.

Gerbert s'étoit soumis en silence et avec une résignation philosophique à la nomination d'Arnolphe. Pendant quelque temps même, il se montra son ami, et épousa ses vues en faveur du Duc Charles, jusqu'à ce qu'un changement de circonstances ou de

est depuis longtemps en possession de leur trône, sont terriblement punis de leur inconstance et de leur manque de fidélité. *Note de A. M. H. B.*

plus mûres réflexions l'eussent convaincu, que le chemin de l'honneur, s'il vouloit en faire aussi le chemin de l'avancement, devoit être cherché sous l'étendard, d'un plus heureux augure, de Hugues Capet. Depuis ce temps, il renonça solennellement à tout engagement avec la faction d'Arnolphe. Il étoit l'ami le plus chaud du Roi national, et dans la pleine possession de sa réputation littéraire, lorsque le Concile s'assembla.

Il est étranger à mon but d'exposer ce que fit ce Concile, où le discours de l'évêque d'Orléans fut particulièrement remarquable pour son éloquence et pour ses réflexions sévères sur la cour de Rome. On a insinué (1) que ce fut Gerbert qui rassembla, et, à ce qu'on croit, qui rédigea, d'après ses propres talens et ses vues personnelles, les actes du Synode. Ce n'est qu'une conjecture. Arnolphe, à tous événemens, canoniquement convaincu, ou guidé, comme on le croit, par la terreur, résigna le siége de Rheims, et Gerbert fut élu.

Lorsque les nouvelles des opérations du Synode de Rheims furent parvenues aux oreilles de sa Sainteté, Jean XV, double-

____

(1) BARONIUS, *Annal. Sub an.* 992.

ment affligé, comme il le paroît, par ces circonstances aggravantes, fut enflammé de colère, et il se mit à excommunier les évêques qui s'étoient mêlés de la déposition d'Arnolphe et de l'élévation de Gerbert. Ce dernier écrivit alors différentes lettres (1). Je vais extraire un passage de l'une d'elles, adressée à l'archevêque de Sens, président du Concile. Ce passage fera voir le caractère intrépide de l'écrivain, ainsi que l'étendue de ses vues au milieu de l'ignorance qui l'entouroit. Après quelques remarques préliminaires, il s'écrie : «Comment vos ennemis osent-ils dire, qu'en déposant Arnolphe, vous auriez dû attendre le jugement de l'Evêque de Rome? Peuvent-ils prouver que son jugement est au dessus de celui de Dieu, que notre Synode a prononcé? Le Prince des Evêques romains et des Apôtres eux-mêmes a prononcé qu'on devoit obéir à Dieu plutôt qu'aux hommes, et Paul, le prédicateur des Gentils, a prononcé anathême contre celui, fût-il un Ange, qui prêcheroit une doctrine différente de celle qui avoit été exposée. Parce que le Pontife Marcellin a offert de l'encens à Jupiter, tous les évêques doivent-ils donc sacrifier à

(1) *Ibid.*

ce faux Dieu (1)? J'affirme hardiment, que si l'Evêque de Rome péche contre son frère, et n'obéit pas à l'Eglise, quand il a été averti plusieurs fois, cet Evêque, dis-je, par ordre de Dieu, doit être regardé comme un Payen ou un Publicain. Plus le rang est élevé, plus la chûte est grande. S'il nous regarde comme indignes de sa communion, parce qu'aucun de nous ne parle contre la doctrine de l'Evangile, il ne peut, pour ce motif, nous séparer de la communion de Jésus-Christ, ni nous priver de la vie éternelle. Les paroles de Grégoire, « que le troupeau doit craindre le jugement du pasteur, soit que ce jugement soit juste, soit qu'il soit injuste, » ne s'appliquent pas aux évêques. Le peuple est le troupeau. Les évêques ne le sont pas. Vous ne devez point, pour un crime que vous ne reconnoissez pas, et

____

(1) BARONIUS, *sub ann.* 992. Cet auteur qui, à commencer de l'ouverture du Synode de Rheims, avoit appliqué les termes les plus durs au nom de Gerbert, l'outrage encore plus depuis 992; il admet l'histoire fabuleuse de Marcellin, par rapport à certaines doctrines supposées favorables aux prétentions de Rome, liées à cette histoire; mais la conclusion proposée par Gerbert l'irrite au delà de toute mesure.

dont vous n'êtes pas convaincu, être traité comme un rebelle, quand vous n'avez pas décliné un Concile. La sentence prononcée contre vous, ne vous ayant pas été remise par écrit, est un acte illégal. Il ne faut pas donner à nos ennemis occasion de dire, que la prêtrise, qui est une comme l'Eglise, est tellement sujette à un seul homme, que s'il étoit corrompu par argent ou par faveur, par crainte ou par ignorance, nul ne pourroit être évêque, à moins qu'il ne se fût rendu agréable à lui par les mêmes moyens. Que les Evangiles, les écrits des Apôtres et des Prophêtes, les canons inspirés par Dieu et respectés par la Chrétienté, enfin que les décrets du Siége Apostolique qui s'accordent avec eux, soyent la loi commune de l'Eglise. Que celui qui, par mépris, s'écartera de cette loi, soit jugé, mais que la paix reste avec celui par qui elle sera observée avec courage. Gardez-vous de vous abstenir des saints mystères. Ce qui seroit une reconnoissance de votre faute. Il nous convient de repousser une accusation injuste, de mépriser une sentence illégale. »

Il écrivit à l'évêque de Strasbourg dans un style non moins énergique, et avec un ton respirant la même indignation. Trois ans

s'étoient alors passés, mais Rome avoit
finalement obtenu la permission d'envoyer
en France un légat, devant lequel on con-
voqueroit un Synode où seroit discuté le
mérite respectif des prélats rivaux. Il s'assembla à Mâcon, ville soumise au Métropolitain de Rheims; mais, outre Gerbert, un
petit nombre d'abbés, et le Duc de Lorraine,
il ne s'y présenta que quatre évêques de la
Gaule orientale. Après l'explication du sujet
de l'assemblée, Gerbert se leva (1) : « Très-
révérends Pères, dit-il, j'ai longtemps pensé
à ce jour, et je l'ai ardemment désiré, depuis que j'ai été revêtu de cette dignité d'a-
près le vœu de mes frères, quoique non
sans péril de ma vie. Je fus déterminé par
l'intérêt que je prenois au salut d'un peuple
qui périssoit, et par le respect pour votre
autorité, par laquelle j'ai cru que je serois
moi-même protégé. Le souvenir de vos bon-
tés multipliées me remplissoit de joie, lorsqu'un bruit soudain qui se répandit, m'ins-
truisit de votre mécontentement, et m'apprit
que vous me reprochiez un acte que d'autres
regardoient comme méritant de grands éloges.
J'avoue que je fus affligé, et que la perte
de votre faveur m'allarma plus que les poi-

____

(1) *Ap.* BARON., *sub ann.* 995.

gnards de vos ennemis. Mais aujourd'hui
que le ciel m'a heureusement amené devant
vous, je vais vous faire connoître briéve-
ment mon innocence, et exposer de quelle
manière j'ai été placé sur le siége de Rheims.
Après la mort du grand Othon, j'avois formé
la résolution de ne jamais quitter Adalbaron,
qui avoit été pour moi un second père.
Ignorant ses vues, je fus destiné par lui
à la prêtrise; et, quand il alloit quitter ce
monde, il me nomma son successeur en présence de beaucoup de personnes illustres.
Mais, quoique je fusse placé sur un roc
inébranlable, je fus rejeté par l'hérésie simo-
niaque, et Arnolphe me fut préféré. Cependant, je ne refusai pas de le servir, même
plus fidèlement que je n'aurois dû; mais, à
la fin, étant devenu pleinement convaincu
de ses manœuvres perfides, je renonçai à
son amitié, et je l'abandonnai, ainsi que ses
complices, sans avoir aucune espérance,
comme mes ennemis l'ont proclamé, de suc-
céder à ses honneurs, et sans avoir fait aucun pacte pour y parvenir, mais unique-
ment pour ne point prendre part à ses
crimes. » Il parle ensuite des procédures
dirigées contre Arnolphe, ainsi que de sa
déposition canonique, et il ajoute : « Mes
confrères et les nobles du pays me prièrent

de nouveau de me charger d'un troupeau dispersé et déchiré. Je résistai longtemps, et enfin je donnai mon consentement avec répugnance, connoissant bien les maux dont j'étois menacé. Telle fut ma conduite franche et pleine de candeur, telle fut mon innocence, et telle fut, ainsi que je l'expose devant Dieu et devant vous, la pureté de ma conscience. » Il répond ensuite aux autres objections, répète que le fardeau épiscopal a été imposé sur ses épaules, et que, si dans cette occasion il y a eu quelque déviation des règles établies, on doit l'attribuer aux malheurs des temps et à l'état hostile du pays. *Silent equidem leges*, dit-il, *inter arma*. Je reviens maintenant à moi-même, qui étois menacé avec fureur par l'ennemi, parce que le soin du peuple et la sûreté de la province étoit en mes mains. La famine étoit à nos portes, car on s'étoit emparé de nos granges. Le glaive au dehors de nos portes, et la frayeur au dedans, ne permettoient pas de repos. La voix de votre autorité, par laquelle nos maux pouvoient être soulagés, étoit seule désirée avec anxiété, parce que nous pensions qu'elle pouvoit apporter du soulagement non-seulement à Rheims, mais même à l'Eglise des Gaules désolée et presque anéantie. Nous attendons encore ce bienfait avec le secours de la Providence, et nous prions tous que nous puissions l'obtenir. »

Nous ne savons pas comment cette harangue éloquente, dont on ne saisit pas aisément l'application aux quatre prélats, fut reçue, ni si on essaya d'y faire une réponse. Il est seulement rapporté que Gerbert présenta son discours au Légat, qui sortit avec les évêques. Celui-ci, s'étant consulté avec eux et le Duc, rappela Gerbert, et le pria d'envoyer un messager au Roi avec les instructions du Légat. Gerbert y ayant consenti, il fut ordonné, qu'un autre Synode s'assembleroit à Rheims au premier de Juillet. Mais quand il sembloit que l'affaire étoit terminée, il lui fut annoncé par les évêques, de la part du Légat, que, jusqu'à ce que le Synode ordonné s'assemblât, Gerbert devoit s'abstenir de célébrer l'office divin. Notre Prélat résista à cette injonction irrégulière; et, s'étant adressé au Légat, lui représenta « que ni l'Evêque, ni le Patriarche, ni le Pontife lui-même, n'avoient le droit d'excommunier quelqu'un, à moins qu'il ne fût convaincu soit par son propre aveu, soit autrement, ou à moins qu'ayant été cité canoniquement, il eût refusé de comparoître; qu'on ne pouvoit lui reprocher une pareille conduite; que lui seul, de tous les évêques français, s'étoit rendu au Synode du Légat; en un mot, que, bien convaincu de sa propre innocence, il ne pouvoit par complaisance signer sa propre condamnation. » Il céda cependant à la remontrance fraternelle du métropolitain de Trèves, et le Concile se sépara pour s'assembler de nouveau au premier de Juillet. Mais on ne peut voir, dans les annales obscures de ces temps (1), si ce Concile s'est assemblé en effet le premier de Juillet, ou ce qui s'y est passé, dans le cas où il se seroit assemblé. Gerbert paroît au moins avoir continué de remplir les devoirs que son siége lui imposoit, et Arnolphe resta toujours retenu dans les prisons d'Orléans.

Les choses restèrent encore ainsi pendant un petit nombre de mois; mais lorsque dans l'année suivante, 966, Hugues Capet fut mort, et qu'un nouveau Pontife, Grégoire V, pressa pour que l'on prît un parti décisif, Gerbert fut éloigné, ou consentit à abandonner sa place, et Arnolphe occupa encore une fois le siége de Rheims. Le Philosophe rejoignit alors son ancien élève, le

____

(1) Voyez BARON., *sub ann.* 995.

jeune Empereur Othon III; et, étant avec lui en Italie, lors de la mort de l'archevêque de Ravenne, il fut nommé à ce siége vacant. En 998, nous le voyons siéger avec le Pape dans un Synode romain, où il fut décrété que Robert, Roi de France, qui avoit aussi été son élève, quitteroit son épouse, qu'il avoit épousée dans les degrés prohibés de parenté; et que les évêques, qui avoient assisté au mariage, seroient suspendus de toute communion jusqu'à ce qu'ils se fussent rendus à Rome, et eussent fait satisfaction. Au printemps de l'année suivante, Grégoire V mourut dans la fleur de l'âge.

Othon, qui fut affecté vivement de la mort du jeune Pontife, son cousin, et le camarade des jeux de son enfance, et qui se méfioit, d'après sa propre expérience et d'après celle de ses prédécesseurs, du caractère inconstant du peuple romain, jugea prudent de ne pas laisser dépendre de sa capricieuse élection la nomination du Pontife romain. Qui pouvoit avoir de plus grands titres à cette dignité que Gerbert, archevêque de Ravenne? Ce fut donc sur lui que l'Empereur fixa son choix, et ce Prélat fut couronné sous le nom de Sylvestre II. Mais quand nous nous rappelons les sentimens qu'il avoit professés dans ses lettres, ou qu'il avoit adoptés lors du Synode de Rheims, quoique nous ne souscrivions pas au jugement passionné de Baronius, qui prétend que Gerbert étoit l'homme le plus indigne de la chaire apostolique, et son plus cruel ennemi, nous ne pouvons nous empêcher de reconnoître, que sa promotion fut un phénomène curieux dans l'histoire des évènemens humains. Cependant le Cardinal est assez juste pour avouer que Gerbert fut légitimement Pape; et, avec la même candeur, il s'occupe sérieusement de réfuter le vain conte de ceux qui avoient avancé que Gerbert devoit son élévation à la Papauté à son précédent pacte avec Satan (1).

Nous voyons maintenant un philosophe, qui étoit incontestablement le premier homme de son siècle, placé sur le siége de S. Pierre; mais quelles qu'ayent pu être ses vertus ou ses connoissances, ou quel qu'ait été son zèle, les circonstances dans lesquelles il se trouvoit ne lui permirent ni de dissiper l'ignorance de l'ordre du clergé, ni de le retirer de l'abyme avilissant dans lequel il étoit tombé. On ne peut douter que les

____

(1) BARON., *sub ann.* 999.

vœux, les désirs, et le zèle de Gerbert à cet égard ne fussent sincères, d'après son caractère précédemment mis à l'épreuve, et d'après les impressions permanentes de son esprit. Il avoit fait dire à l'évêque d'Orléans, au Synode de Rheims, ou il avoit dit pour lui : « Rome, combien tu dois être pleurée, toi, qui, ayant produit les flambeaux des temps précédens, as maintenant répandu autour de toi de prodigieuses ténèbres, dont les générations parleront avec étonnement. » Qu'il eût acquis de gloire, en dissipant cette hideuse obscurité, et en ramenant les jours des Léons et des Grégoires, dont il cite les noms avec admiration. Mais quelles qu'ayent été ses vues de réforme, il ne put les mettre à exécution, n'ayant régné que trois ans.

S'il s'étoit élevé, pendant le Pontificat de Sylvestre, quelque controverse concernant la prérogative du Saint Siége ou les droits des évêques, semblable à la cause d'Arnolphe et à la sienne propre, il auroit été curieux de voir par quels raisonnemens le successeur de S. Pierre auroit répondu à l'application qu'on lui auroit faite à lui-même de sa doctrine et de ses assertions précédentes. Dans un Concile tenu à Rome, où Othon assista, pour satisfaire à quelques plaintes de l'évêque de Hildesheim, Sylvestre montra une grande modération, et permit même que d'autres Conciles s'assemblassent en Allemagne, malgré la décision solennelle prononcée par son propre Synode et par lui-même. Le Légat Frédéric, député par Rome à cette occasion, parut devant les Allemands avec une pompe extraordinaire, se revêtit d'un ajustement pontifical, comme le représentant du Pape, et ses chevaux furent couverts de housses d'écarlate. Othon III mourut en 1002 en Italie, et Sylvestre mourut au printemps de l'année suivante.

Je crois qu'on ne me blâmera pas d'avoir mis sous les yeux des lecteurs les principaux événemens de la vie de ce personnage extraordinaire. Ils l'ont vu, dans les carrières différentes du Savant et du Docteur enseignant. Ils ont admiré ses divers talens, ils ont vu des preuves de son éloquence, et ils l'ont suivi, au milieu de ses diverses situations, depuis les hautes dignités ecclésiastiques jusqu'à leur faîte. J'ai omis de parler d'un ouvrage qu'il composa sur l'*Art de la Rhétorique,* et duquel il pensoit (1) que ceux qui aspiroient à l'éloquence pouvoient tirer beaucoup d'instructions utiles. Il étoit

____
(1) *Ep.* 92.

certainement un orateur distingué. Son style,
qui n'est pas toujours pur, mais qui a de la
chaleur et de l'énergie, semble, par une
heureuse illusion, faire oublier pendant quelque temps la malheureuse époque où il vivoit. Sans doute, si Gerbert eût vécu dans
un siécle plus heureux, sa réputation littéraire n'eût pas été si grande, car les ombres
qui l'entouroient faisoient ressortir davantage
ses talens. Je dois ajouter maintenant qu'il
fut encore poète. Il reste à la vérité peu d'é-
chantillons (1) de son talent dans ce genre;
mais on peut citer une épitaphe, qui n'est
pas sans mérite poétique, et qu'étant archevêque de Ravenne, il mit au dessous du
portrait du philosophe Boece :

Roma potens dum jura suo declarat in orbe,
Tu pater et patriæ lumen, Severine Boethi,
Consulis officio rerum disponis habenas,
Infundis lumen studiis, et cedere nescis

(1) Les Anglois employent assez souvent des mots
latins, tels que, 1.° celui de *circumnavigator*, pour
parler d'un homme qui a fait le tour du monde;
2.° celui de *specimen*, que nous sommes forcés de
rendre par *échantillon*, quoique ce dernier terme
ne s'employe guères dans le style noble ou sou-
tenu.

Græcorum ingeniis : sed mens divina coercet
Imperium mundi. Gladio bacchante Gothorum
Libertas Romana perit. Tu consul et exul,
Insignes titulos præclarâ morte relinquis.
Nunc decus imperii, summas qui prægravat artes,
Tertius Otto, suâ dignum te judicat aulâ,
Æternum que tui statuit monumenta laboris
Et bene promeritum meritis exornat honestis (1).

(1) *Apud* BARON., t. X, *in Append.*

FIN DE L'HISTOIRE LITTÉRAIRE DES NEUVIÈME
ET DIXIÈME SIÉCLES.

Récapitulation des Paragraphes du présent Ouvrage.

p. 25 (1). — VIII. État des connoissances dans les autres parties de l'Empire; p. 27. — IX. Dissolution générale des mœurs; p. 28. — X. Conversion des nations barbares; p. 30. — XI. Raban Maur; p. 32. — XII. Jean Érigène; p. 35. — XIII. Utilité des controverses théologiques; p. 40. — XIV. Alfred; p. 42. — XIV (2). Tableau flatteur tracé par Muratori; p. 47. — XVI. Irlande; p. 50. — XVI. Dixième siècle. Son tableau général; p. 52. — XVII. Les moines n'étoient pas constamment occupés; p. 61. — XVIII. Règnes des Othons; p. 67. — XIX. Littérature de l'Angleterre; p. 72. — XX. S. Dunstan; p. 72. — XXI. Gerbert, depuis Pape sous le nom de *Sylvestre II*; p. 78.

Le Traducteur engage ceux qui veulent bien connoître ce qui concerne le moyen âge, à lire 1.° l'*Histoire littéraire du moyen âge*, traduite d'Harris par A. M. H. Boulard; 2.° l'ouvrage très-curieux publié par M. Noel, et intitulé : *Histoire générale des Pêches anciennes et modernes.*

Errata. — A la page 52, au lieu de *neuvième siècle*, lisez *dixième siècle.*

(1) Ce Paragraphe VII a été oublié à la page 25, en tête de l'alinéa commençant ainsi : *ce décret*, etc.

(2) A la page 47, on a, par erreur, mis en tête d'un alinéa, XIV *au lieu de* XV.